迷宮篇
MUGEN SHINSHI
夢幻紳士
高橋葉介

迷宮篇

目次

吶喊

好恨好恨我好恨啊！
啊啊啊啊！
那男人太可恨了！
給我去死吧！
我要殺了他！
啊啊啊啊！
該死的傢伙！

這裡簡直就是孟克畫作的世界呢。

女子在橋上吶喊。
會是誰呢？是男人嗎？
對面有一道人影。

這位女士，妳為什麼在吶喊？

有……有人掉下去了。
有個男人從這裡掉進底下的河川。

你看，就在那裡。

看見他被水流沖走了吧？

「咚！」

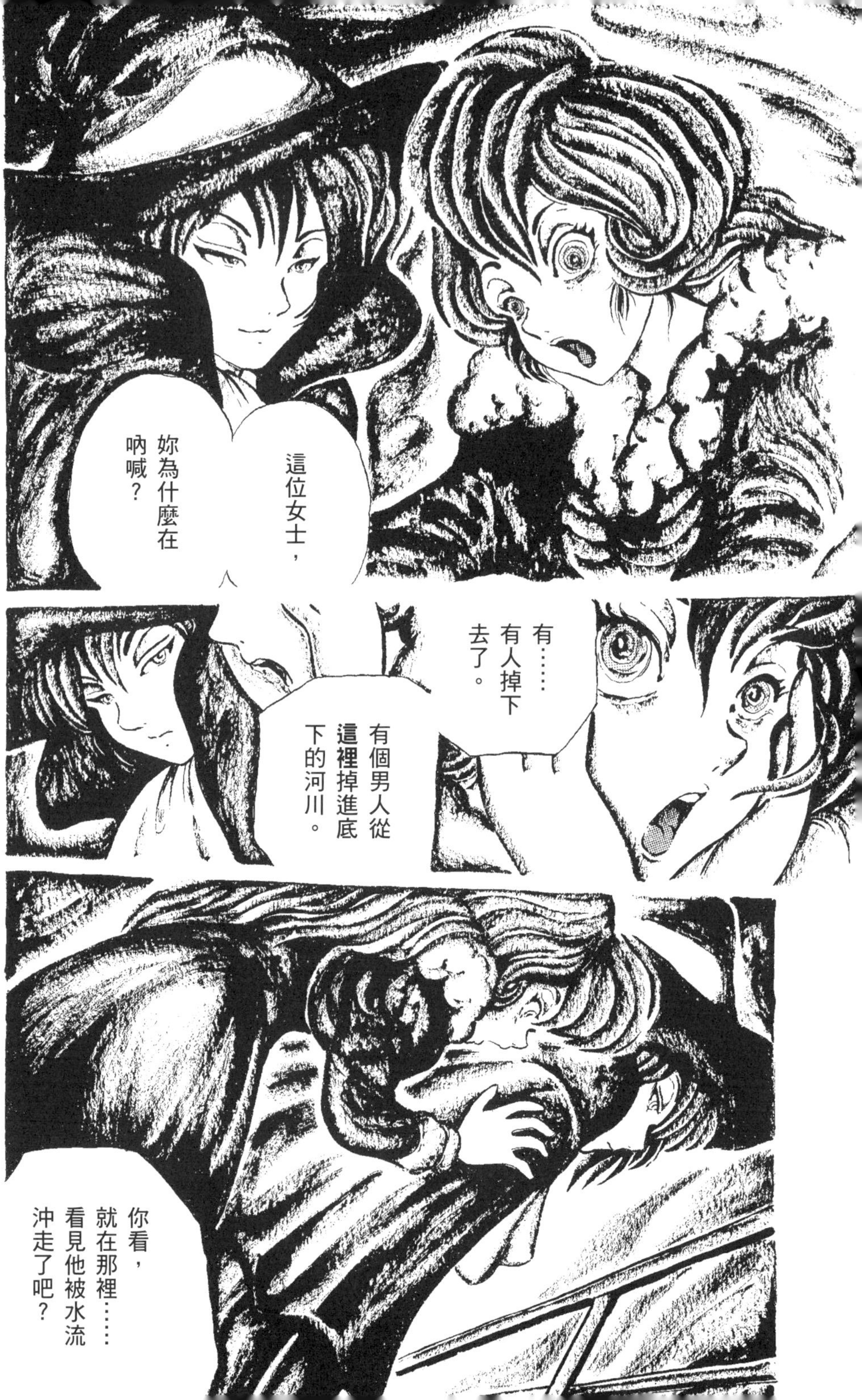
這位女士，妳為什麼在吶喊？
有……有人掉下去了。
有個男人從這裡掉進底下的河川。
你看，就在那裡……看見他被水流沖走了吧？

「噗通！」
這位女士，
妳為什麼在吶喊？
有……有人掉下去了。有個男人……
不對啊，掉下去的人明明是你。

妳想設下陷阱
騙我上當吧？
為什麼？
為什麼要
拖我下水呢？
啊啊啊啊！
好恨！
我好恨啊！

我恨你！
啊啊……我要殺了你！你這該死的傢伙！
我不認識妳。
妳到底是誰？
噢……！（扭曲）

啊……
來不及了。
已經消失了。

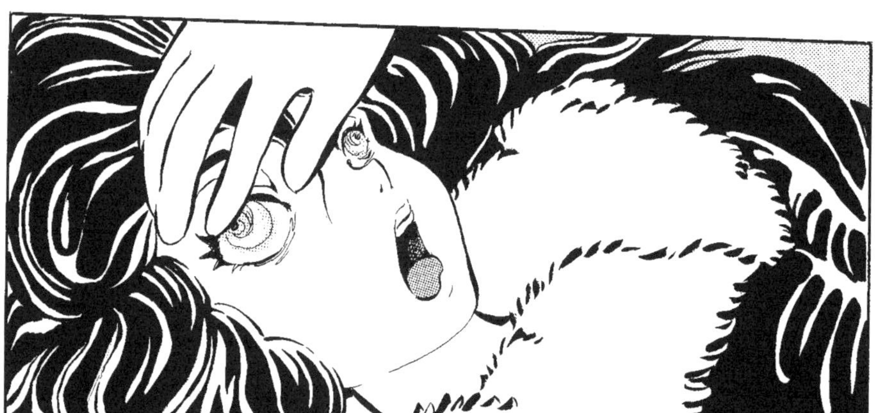

她斷氣了吧？
唔……看來是沒救了。

我是醫生。
剛才的事我看得一清二楚。
她根本就是瞄準你所在的位置後，才從大樓一躍而下。

看來她打算
殺害我呢。
你有任何
頭緒嗎？
我不認識
她，
不過，
畢竟我記
不得的事
情，
比天上繁星
還多呢。

好恨好恨
我好恨啊！
去死去死我要
殺了你!!

你這該死
的傢伙!!

病弱之女

啊，父親回來了。
還帶著客人。
他是誰啊？那個危險的黑衣男子。
但是……如果是他的話，說不定可以幫助我……
逃出父親手裡。

您回來了。哎呀？有客人嗎？
我這就去倒茶。
不用，我來就好。
美奈子在二樓睡覺吧？
可以幫客人多準備一份晚餐嗎？
…咦？

好的。
那麼，我出門買菜了。
那是女傭。
美奈子是我女兒，她身體虛弱，長期臥病在房間裡。
來，請用茶。
謝謝。對了，
我想請教您邀請我造訪府上的理由。
為什麼會邀我過來呢？

かちゃんっ!
哐噹!
哎呀!
抱歉。
不小心打翻了茶。
我真是太失禮了。

啊…不會。
不用在意。
我……之所以邀你前來……
咚…
就是為了這麼對付你。

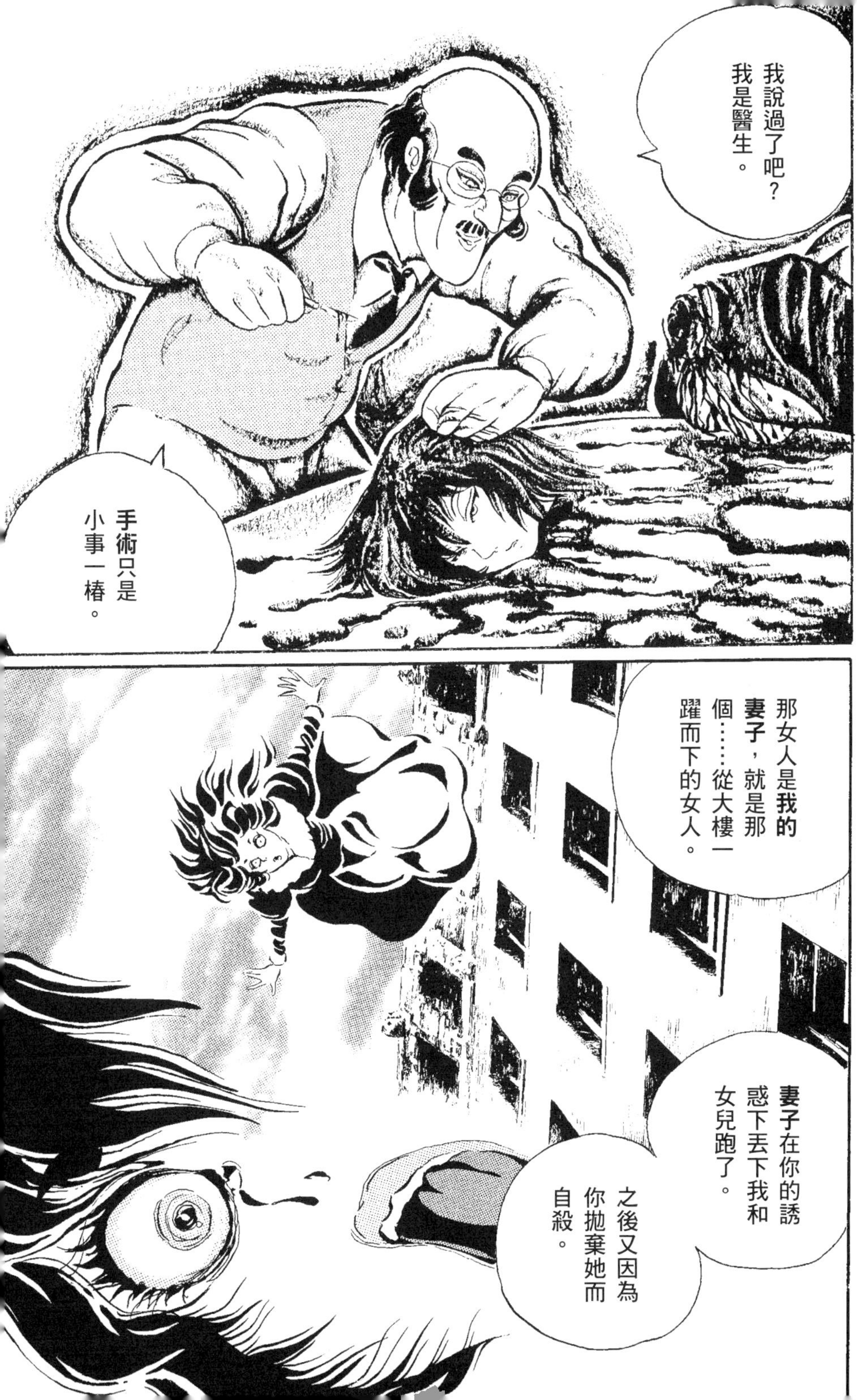
我說過了吧？我是醫生。
手術只是小事一樁。
那女人是我的妻子，就是那個……從大樓一躍而下的女人。
妻子在你的誘惑下丟下我和女兒跑了。
之後又因為你拋棄她而自殺。

這是復仇。
好啦，也讓女兒看看你這副下場吧。
自從妻子離家出走後，我女兒就一直臥病在床。
這樣一來，她也能打起精神了吧。
你看，我悉心維護著女兒的房間，打造成她的王國。

啊……父親，您總算將那個人帶進了這個房間。
這樣一來，一切都結束了。

我的……不，父親的王國要消失了。
不過，這樣比較好呢。
咦？
醫生，你被操控了喔。
你被植入了錯誤的記憶。
這房間只是隨之而生的**副產物**。
那女人也和你沒有任何關係喔。
而且——

『沒錯，父親！』
『我才是美奈子啊!!』
『我已經不是父親偏愛的那個病弱的小小孩了！』

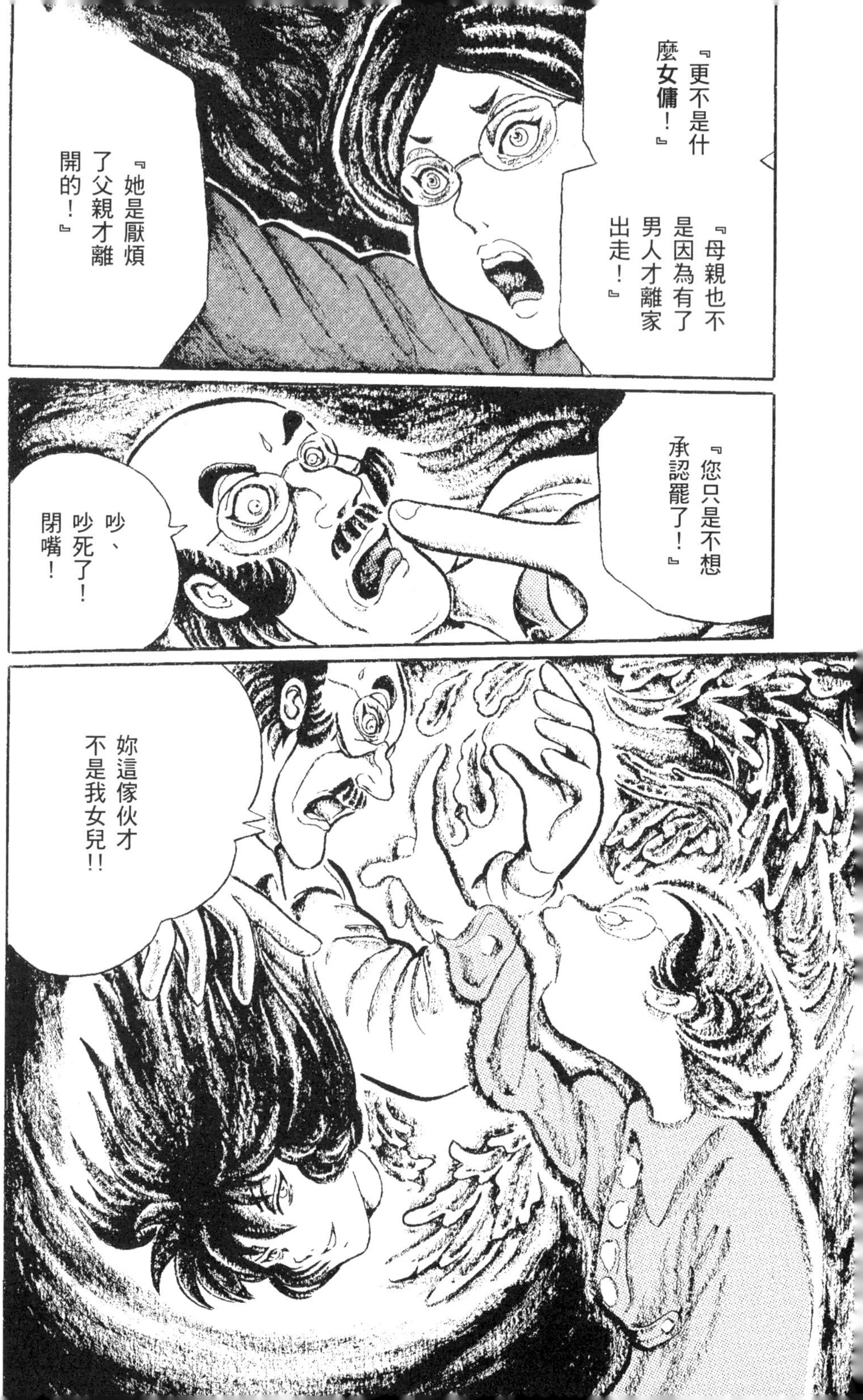
『更不是什麼女傭！』
『母親也不是因為有了男人才離家出走！』
『她是厭煩了父親才離開的！』
『您只是不想承認罷了！』
吵、吵死了！閉嘴！
妳這傢伙才不是我女兒!!

「扭曲……!」

抱歉。
不小心打翻了茶。
我真是太失禮了。
啊……
不會。
不用在意。
嗯，不用在意……

唰!!
糟糕!
是設有時效裝置的催眠嗎?

呀啊啊啊啊
父親！
殺人啦！
是殺人犯！
有殺人犯!!

哈比（註）

註：哈比爲希臘神話中人頭鳥身的怪物。

可以告訴我嗎？
妳回家前遇到多少人？與誰接觸過？
什麼……意思？
我聽不懂你在說什麼。
我的……哈比……

我是哈比。
戰場上空是我的地盤。

愚蠢的男人在底下爭鬥。
愚昧的蟲子滿地亂爬、互相殘殺。

真有趣，真有趣。我旁觀著這一切，
偶爾也會湊個熱鬧。

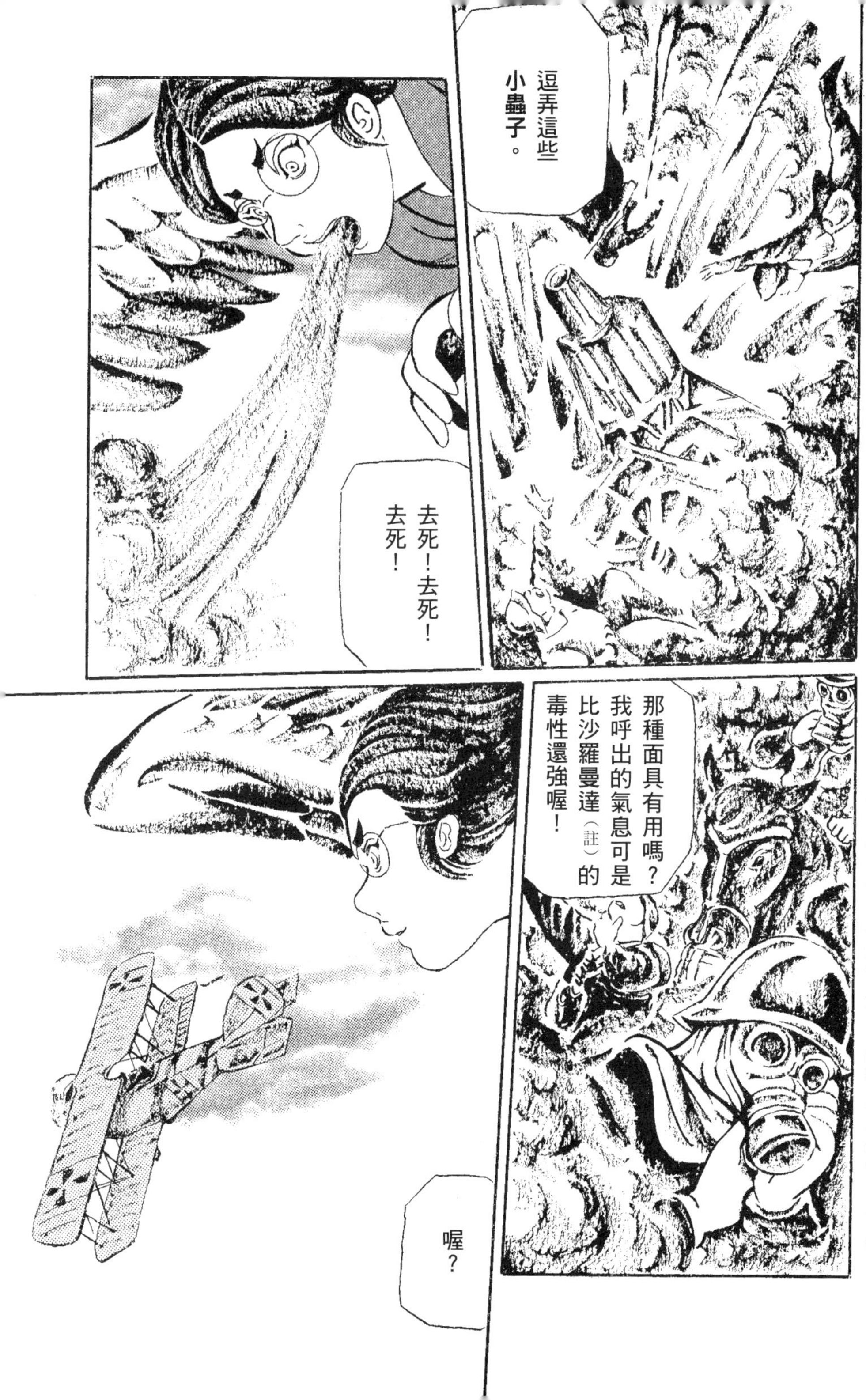

註：沙羅曼達是源自於中世紀歐洲的幻想生物，形象爲生於火焰中的蜥蜴，能使植物化爲毒物。

我不允許有人
和我飛在同一
片天空中！

咦？
那個是？

哎呀！是雄性的哈比！是我的同類！
你誤入戰場受傷了吧？
真可憐。
……好美麗的哈比啊。

我將他帶了回家。

安置在我的床上。

我幫他療傷。
日日夜夜陪伴在他身旁，
奉獻自己一切心力照顧著他。

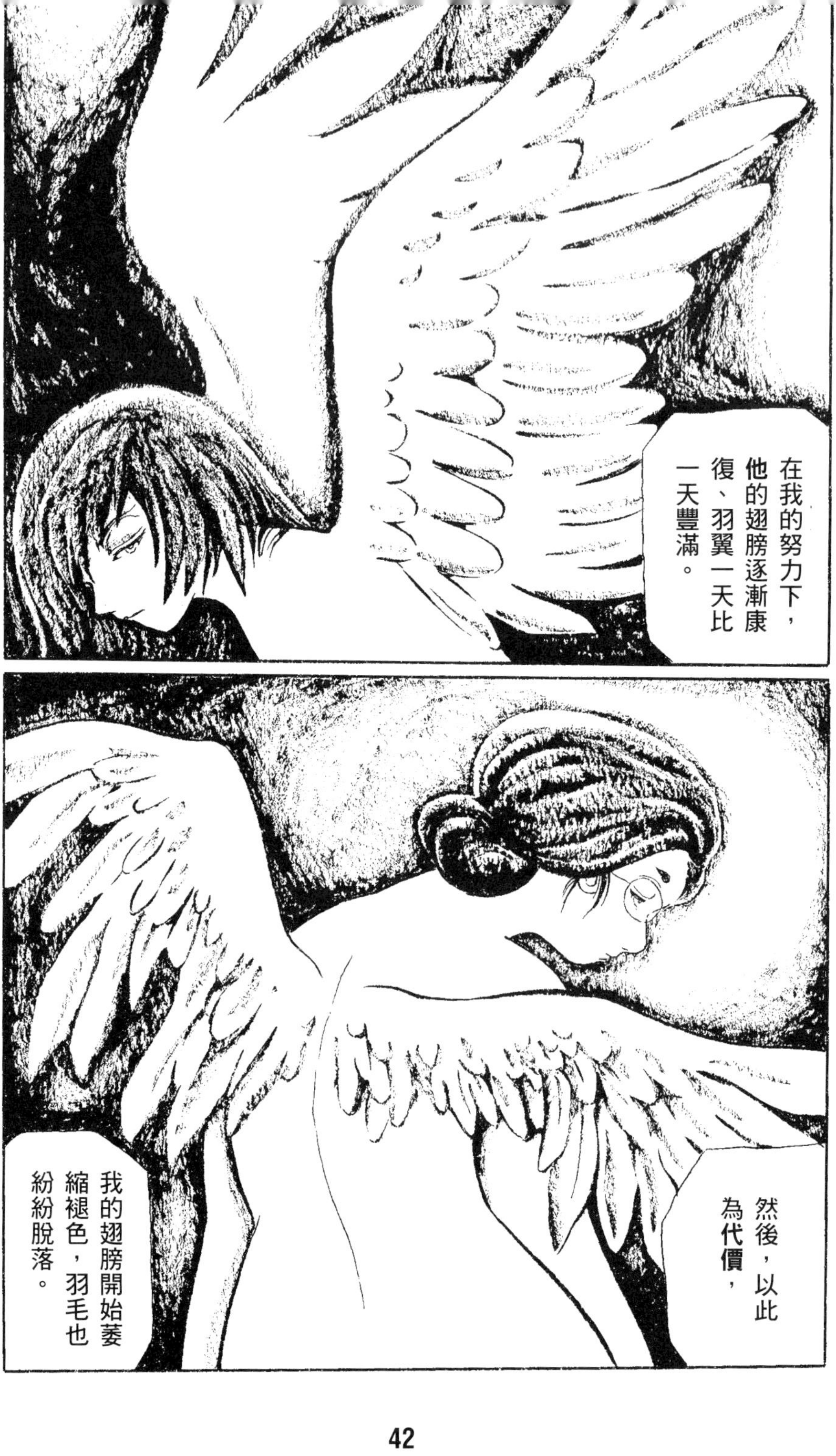
在我的努力下，他的翅膀逐漸康復、羽翼一天比一天豐滿。
然後，以此為代價，
我的翅膀開始萎縮褪色，羽毛也紛紛脫落。

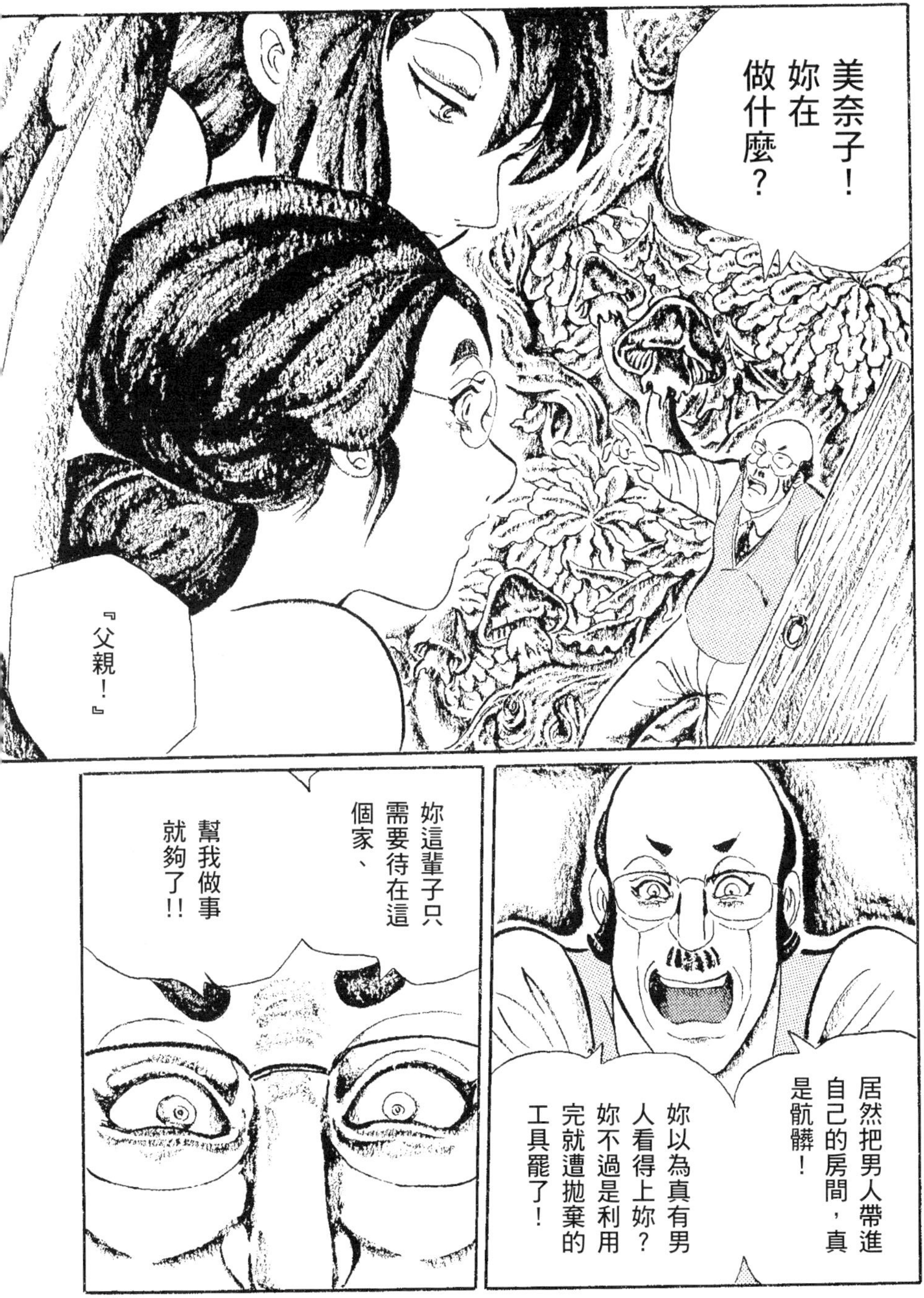
美奈子！妳在做什麼？
『父親！』
居然把男人帶進自己的房間，真是骯髒！
妳以為真有男人看得上妳？妳不過是利用完就遭拋棄的工具罷了！
妳這輩子只需要待在這個家、幫我做事就夠了!!

不是的！才不是！
我愛著這個人。我們要一起離開這個家！

不准！我絕對不允許！
妳是屬於我的!!

呀啊啊啊啊
原來是這樣！所以你才為我殺死父親啊！
都是為了我！

妳錯了。
一切都是幻覺。
那些全是妳的夢。
不是的！才不是！
等等，別走！不要離開我！
我只剩下你了！
來人啊！快來人抓住他！
他是殺人犯！我父親被他殺死了！
是殺人犯！有殺人犯!!

別逃啊!!
我可是為了你捨棄掉翅膀！
轟隆隆隆!!
啊……看吧，這果然不是夢。

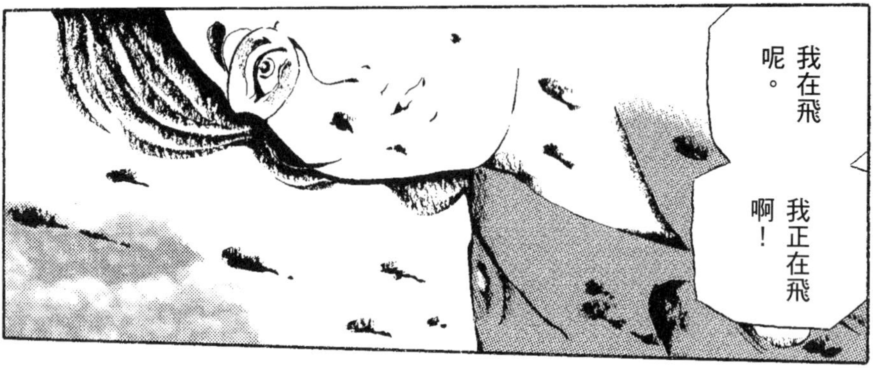
我在飛呢。
我正在飛啊！

我可是哈比喔。
我的翅膀又重生了。

吸血鬼

噢，
怎麼會這樣？
那是……
醫生家的
女兒。

太可憐了。剛才見到她時，她明明還那麼開心。
我家來了客人喔。
他是個很棒的人。
我現在要去買菜。
聽著，
我一直覺得你很可愛。
但我遇到了更喜歡的人。
對不起。

義昭，你可不能隨隨便便就讓人碰觸你的身體。
還是那種人老珠黃的姑娘。
真不知道她打的是什麼齷齪主意。
母親，
您討厭被人觸摸嗎？
甚至也不讓父親碰您嗎？
你說什麼!?
真不檢點！
我要去畫火車素描了。

你都看到了？
我是吸血鬼。
我要吸乾你的血、把你碎屍萬段！
和這女人一樣！
啊！吸血鬼要榨乾我、將我四分五裂了。
而且沒有人會可憐我，就連父親和母親都不會。
因為我和醫生家的女兒一樣，
不被任何人所愛著。

『義昭！沒那回事！』
空中傳來一道聲音。諸位請睜大眼睛看啊！一架巨大的飛船遮蔽了天空。
『義昭是爸爸最重要的兒子！聽話，乖乖待在原地！』
『啊！父親！』
沒錯，從飛船窗邊出聲吶喊的正是義昭的父親——帝國海軍技術將校的本鄉真琴大佐！

「碰——!!」本鄉大佐投下手榴彈，地面開始爆炸。不用說，他瞄準得相當精確，沒傷到義昭一根寒毛。
『可惡！我招架不來！撤退！』
只有邪惡的吸血鬼被打得遍體鱗傷，準備逃之夭夭。
『義昭，快爬上來。』『遵命，父親！』
義昭攀著本鄉大佐扔下的繩梯，搭上飛船。

飛船在天空徐徐飛行，眼下是一片汪洋。
他們將前往南海無人島上的日軍祕密基地。
『祕密基地!?父親！這真是太棒了！』
『沒錯，義昭。爸爸辛苦工作至今，就是為了建設基地。』

正是如此。蓋在無人島地底的祕密基地正在研發各種新型武器。
新型炸彈、導彈、雷射砲、高效能電波偵測器、飛天潛水艇，以及巨大機器人！
這座基地是大日本帝國的防衛機要，更是解放亞洲的據點！

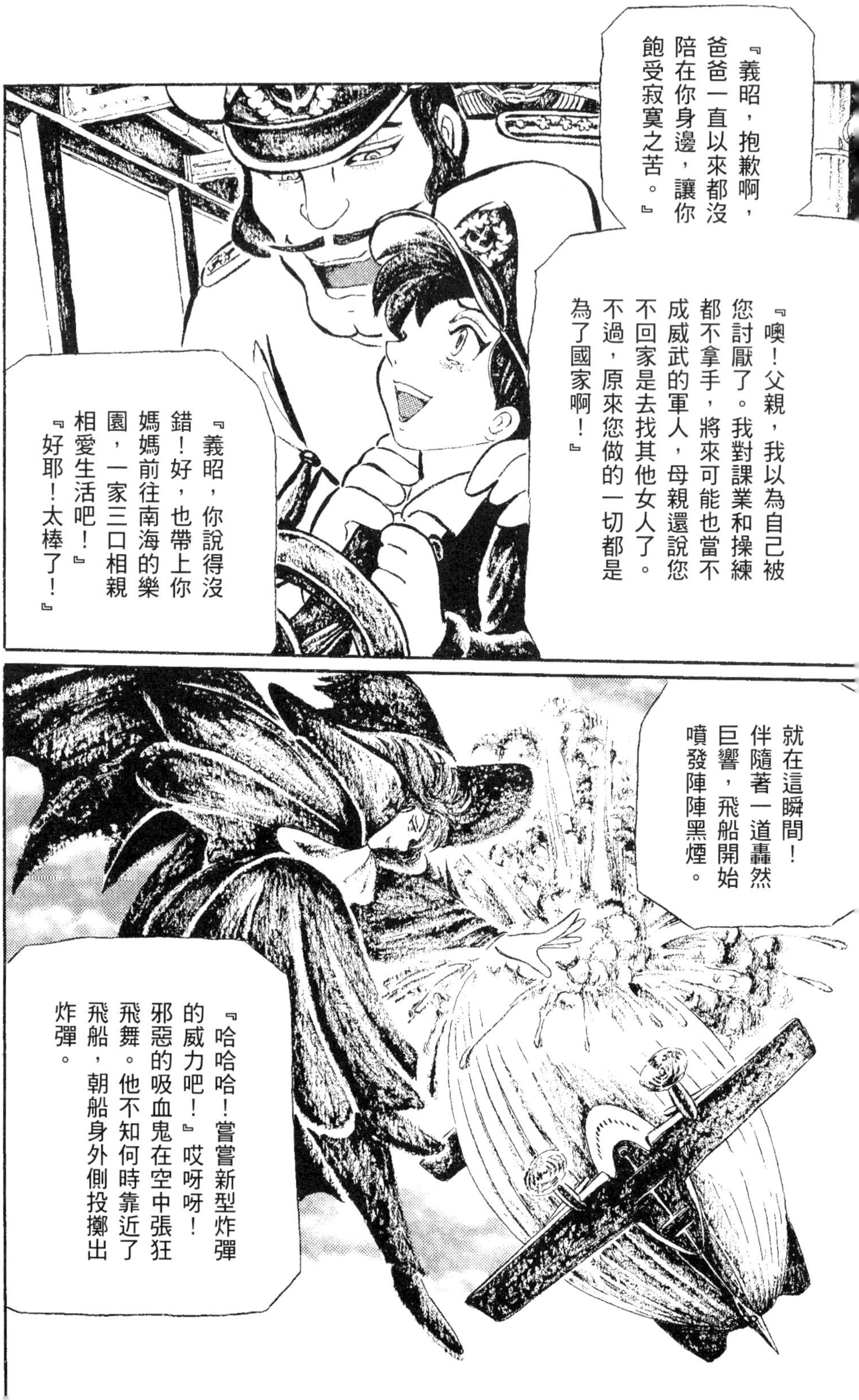
『義昭，抱歉啊，爸爸一直以來都沒陪在你身邊，讓你飽受寂寞之苦。』
『噢！父親，我以為自己被您討厭了。我對課業和操練都不拿手，將來可能也當不成威武的軍人，母親還說您不回家是去找其他女人了。不過，原來您做的一切都是為了國家啊！』
『義昭，你說得沒錯！好，也帶上你媽媽前往南海的樂園，一家三口相親相愛生活吧！』
『好耶！太棒了！』
就在這瞬間！伴隨著一道轟然巨響，飛船開始噴發陣陣黑煙。
『哈哈哈！嘗嘗新型炸彈的威力吧！』哎呀呀！邪惡的吸血鬼在空中張狂飛舞。他不知何時靠近了飛船，朝船身外側投擲出炸彈。

『唔……義昭，爸爸不行了。』
『父親！振作點！』
『快背上降落傘逃吧！飛船要墜機了！』
『來，這把手槍……你就當作是爸爸的遺物帶著吧！』
『父親——！』
降落傘在藍天下綻放出白色花瓣，義昭悲痛的吶喊響徹雲霄。飛船冒著濃濃的黑煙，逐漸往水面墜落。

……這就是父親遺留下來的手槍。
吸血鬼，去死吧！
你錯了，這全是夢，都是幻覺。

至於那把手槍，也是你自己在無意識之間，
擅自從令尊書房帶出來的。
閉嘴！
我要為父親報仇！
別開槍！
門外漢亂開槍是會爆炸的!!
碰!!

咦!?
抱歉啊，只有最後那部分是我創造的幻覺。
不讓你死一次，就無法破除催眠。
好了，快回家吧。
咦？
咦？

我理清了一件事。
這股針對我而來的殺意似乎會經由物理接觸而傳染、增殖。
一個接一個，
不停增加受害者。
簡直就像吸血鬼。
總而言之，再這樣下去，我將會和全世界的人類為敵。
這下該怎麼辦呢？

啊，母親。
您要去哪裡？
手上還……
…提著出鞘的刀。
不需要我多說吧？
當然是要去斬殺那吸血鬼嘍。
我要去為你爸爸報仇啊。

心臓

我是手之目。
是以預測和千里眼娛樂賓客的藝者。
什……什麼？

母親看起來很不對勁。
我最後想盡辦法，將手持日本刀漫遊的她帶了回家，
但她持續喃喃念著莫名其妙的話，彷彿失去了理智。

去死殺了你去死殺了你去死殺了你

BAR
BANDOW
我會來到這間料亭，
也是因為父親經常耽溺於此地。
哼！
那女人頭腦有問題也不是一兩天的事了。
我才不在乎。
也不會回去那個家。
快滾回去！滾吧！

剛才也說過，我是藝者。
被喚進酒席間表演是家常便飯。
在這種料亭撞見彷彿走錯地方的你並出聲搭話，是有理由的。
我在你身後看見認識的人的殘渣。
你和少爺扯上關係了吧？
不只如此，你看起來還遇上了麻煩。

或許是我多管閒事，但我與少爺也算有緣，
可以讓我稍微插手嗎？
殺了你
去死
去死
去死
去死

嗯……
她的確是被某種東西附身了。
現身吧，讓我看看你的真面目。
啪…
死ね
去死
喔——

殺了你
去死
有人憎恨著少爺呢。

去死吧！吸血鬼！我要為父親報仇！
但是，這份殺意到底來自何處？
哈比！你是我的哈比！不要離開我！

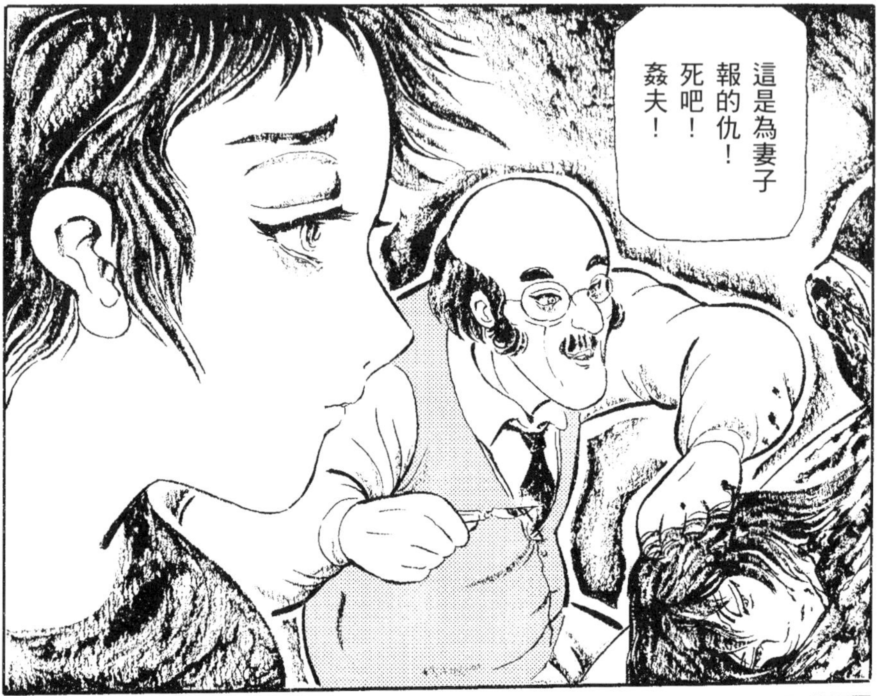
這是為妻子報的仇！死吧！姦夫！

噢噢噢噢噢！好恨好恨我好恨啊！啊啊啊啊啊！我要殺了你！去死去死去死！

好嘍！要上重頭戲了！
現身吧！快攤開在我眼前！
咦!?
鏘啷
這是什麼……鐵窗!?
小姑娘，別偷看。
！

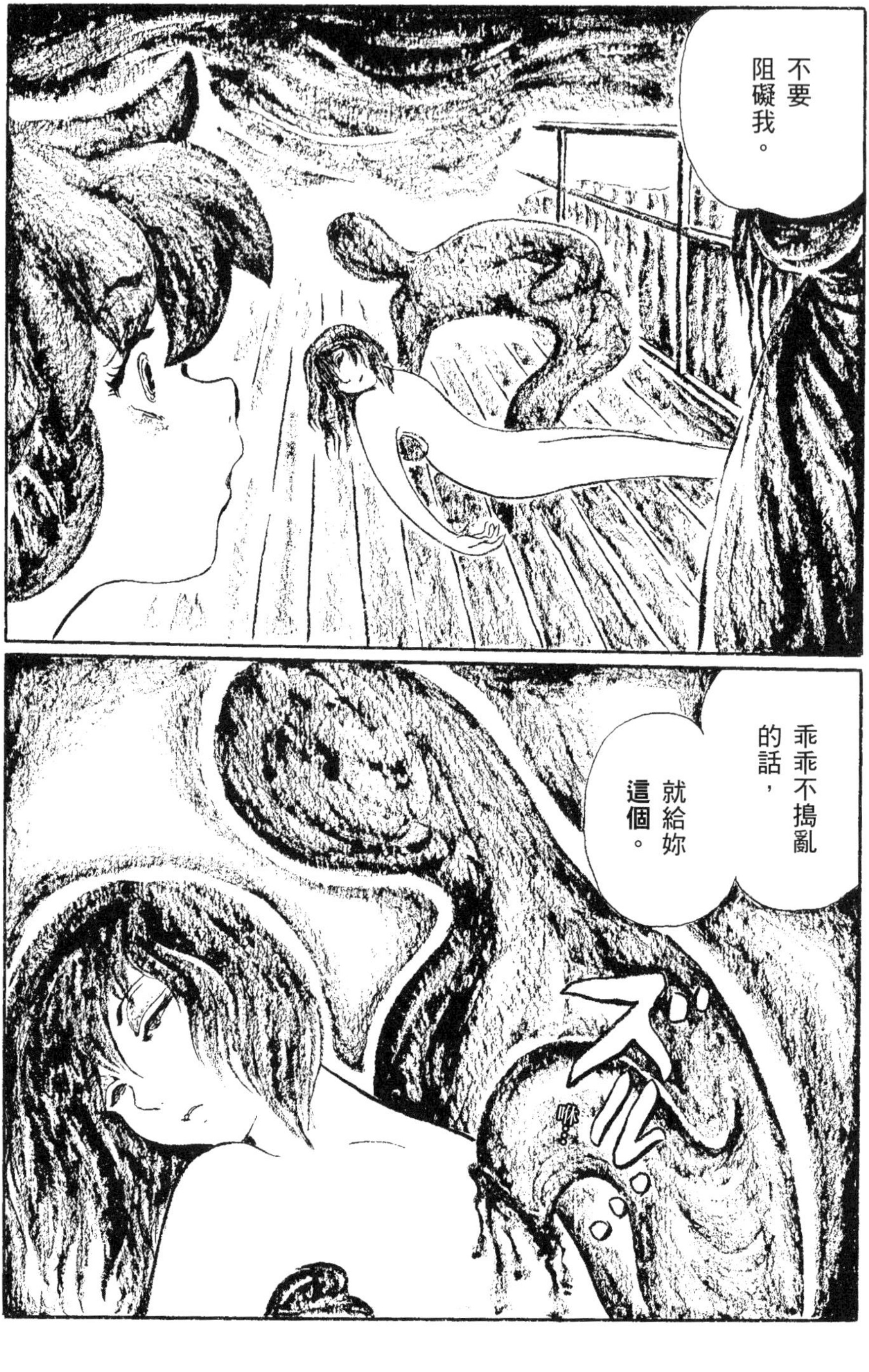
不要阻礙我。
乖乖不搗亂的話，就給妳這個。
咻

扔！
妳很想要吧？拿去！
唰！
……是心臟。
少爺的心臟。

噢噢噢噢！是我的。這是我的東西……
啊！好溫熱……還在顫動著呢。
是我的，是我的。我絕不會放手。
少爺是屬於我的東西。嘻—嘻嘻嘻嘻嘻！

啊!!
怎、怎麼回事？
啊！好危險！太驚險了！
差點就完蛋了!!
沒事嗎？
我差點也被捲進去啦！

少爺……
您到底招惹到了什麼啊？
少爺，您現在人在哪裡呢？

死亡之吻

當那一刻來臨時，死神會來到我身邊，和我接吻。
可以的話，真希望死神能以紳士的模樣現身，而不是冷冰冰的骷髏頭啊。
『妳看見的死神是什麼模樣？』
『哎呀……很快就要全部消失了呢。連殘影都不留。』

啊!?

『停住！別跟過來！』

『我還不想死！』
『冷靜點。』
『我想知道那個死去女人的事。』
『那個墜樓而死的女人。』
『你……不是死神嗎？』

『我找到了死神。』
『沒錯，是個很壞很壞的傢伙喔。』
『那傢伙奪走了我的父母、兄弟姊妹和愛人。』
『我要復仇。沒錯，我一定要成功報仇。』
『咦？咦？』
『等等……妳的父母都還健在……而且妳不是獨生女嗎？』
『沒錯，她……一直照顧著我。』
『噢……我有點累了。這是我第一次在空中飛這麼久。』

『碰!!』
「喔喔喔～～喔喔～～喔喔喔!」
『怎麼回事?它們是什麼!?』

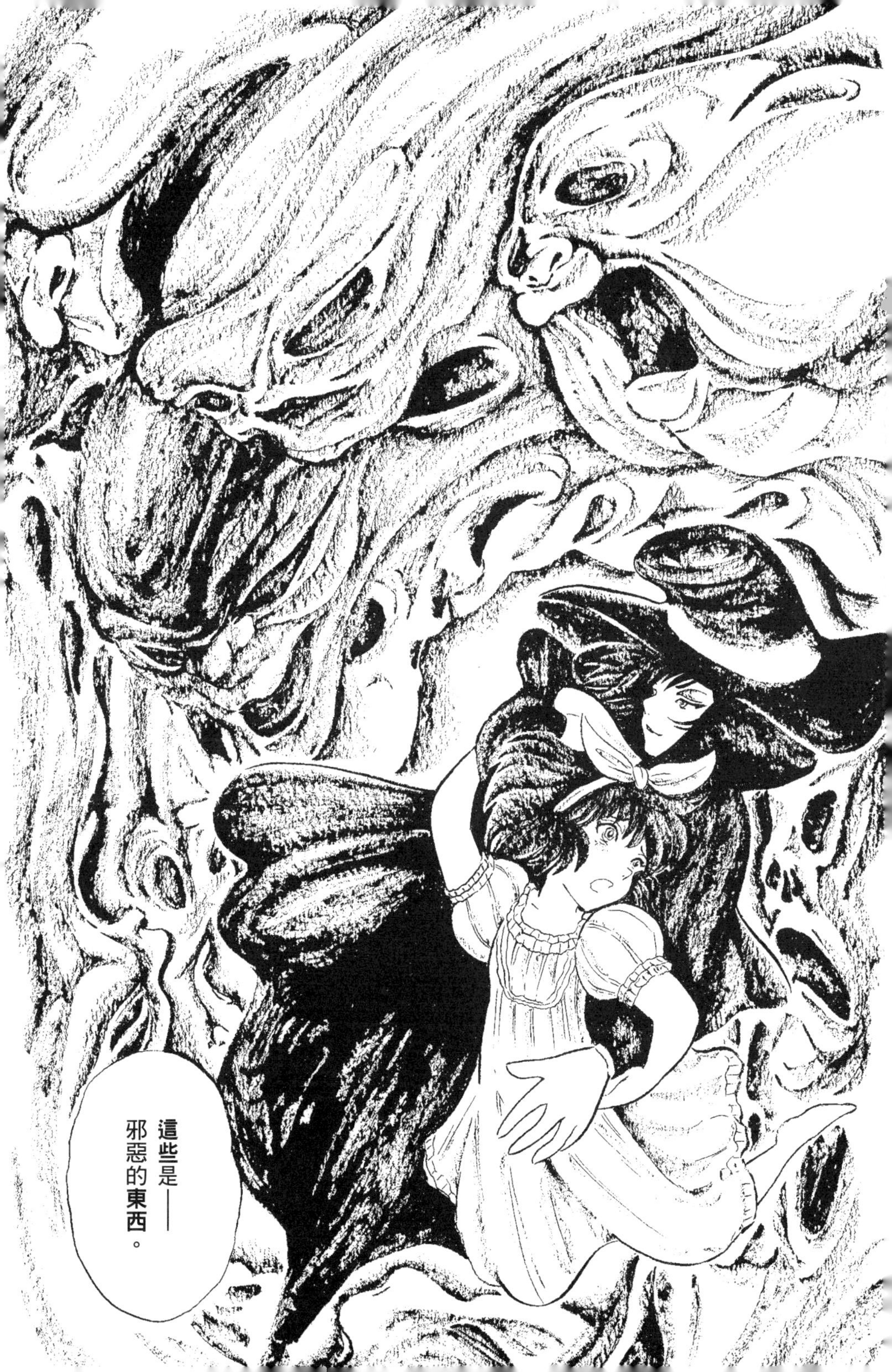
這些是——邪惡的東西。

『他們才是死神，是徘徊的亡靈。』
『我常看見幽靈，但從沒被它們攻擊過啊！』
『因為妳變虛弱了，它們才開始動手。』
『那些傢伙注意到妳**根本還沒死**。』

『快回去吧，回到妳的身體。』
『……我討厭醫院。』
『所以就讓她在家裡照顧我。』
『她是特地從醫院過來的。』

『夫人，再會了。感謝您至今以來的關照。』
『現在我要穿上這件夫人贈送的大衣，』
『瞄準那個死神一躍而下。』
『不……要！別碰我！』
不知怎麼地，我當時如此大喊。

我有種莫名的感覺，彷彿在她身後看見了無比邪惡之物。
啊……謝謝你送我一程。
您應該累了，睡一下吧。

我幫上你的忙了嗎？
是的，幫了很大的忙。
謝謝。
這是……「死亡之吻」吧？
不是的，這是「晚安吻」。

『怎麼？結果老太婆沒死嗎？』
『是啊，雖然她前段時間真的快不行了。』
『那些覬覦遺產的禿鷹真是白忙一場啦。』
『嘿嘿嘿，彼此彼此。』
『連護士都比老太婆早死呢。』
『那是看護啦。老太婆不想去醫院才帶回來的。』
『是從……那間醫院嗎？』
『沒錯，畢竟那也是老太婆的資產嘛。』

『對了，接替那個……過世看護的小姑娘說了件怪事喔。』
『說是老太婆就寢時，有道黑影籠罩在她身上。』
『那絕對是死神吧，哈哈哈……』
『但不知何故，老太婆好像笑得很開心呢。』

思春期

夏天是什麼時候到來的呢？
油膩的蟬鳴彷彿緊貼在肌膚上，讓人煩躁不已。

我正要去探望住院的母親，卻感覺今天前往醫院的路好長好長。

我已經不在乎父親了。
他從那以後就沒回過家。
只有我能照顧母親了。
醫院院長莫名地讓人不快。
你今天也來探病啊？
別擔心。
他的臉偶爾會變得模糊不清。
令堂已經逐漸好轉了。

……看起來不像好轉的樣子啊。
去死殺了你去死殺了你去死
母親……請好好穿上衣服。
隨令堂開心吧。
要是太過壓抑欲望，也可能導致生病喔。

我都讓我的病患們做自己想做的事。
但是，我沒見過母親以外的病人啊。
除了院長，也沒看到其他醫生。
只有沿著幽暗長廊一路延伸的房門。
你可不能打開其他房門或偷窺喔。
你會窺見到欲望的。

話說回來，我都走這麼久了，卻還沒抵達醫院。
到底是怎麼回事呢？
咦？這裡是……什麼地方？好大的宅邸啊。

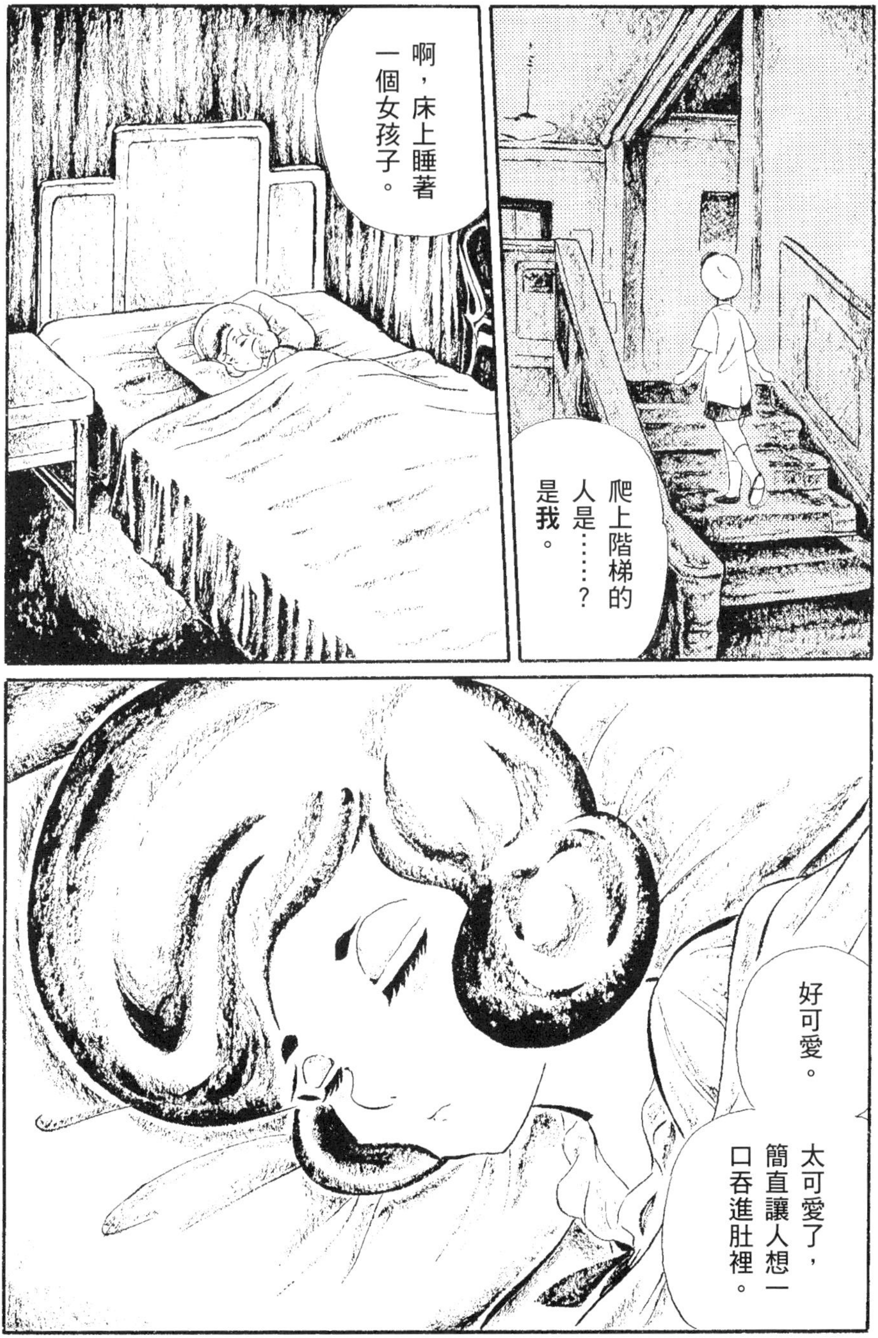

爬上階梯的人是……？是我。
啊，床上睡著一個女孩子。
好可愛。
太可愛了，簡直讓人想一口吞進肚裡。

好想吃掉她！
好想吃——啊啊！
我克制不住了!!

咦……!?
這裡……是醫院。我什麼時候抵達的？
嘰…

不可以偷看房門裡面喔，你會窺見到欲望的。（但我明白只要這麼說，你就一定會偷看。）

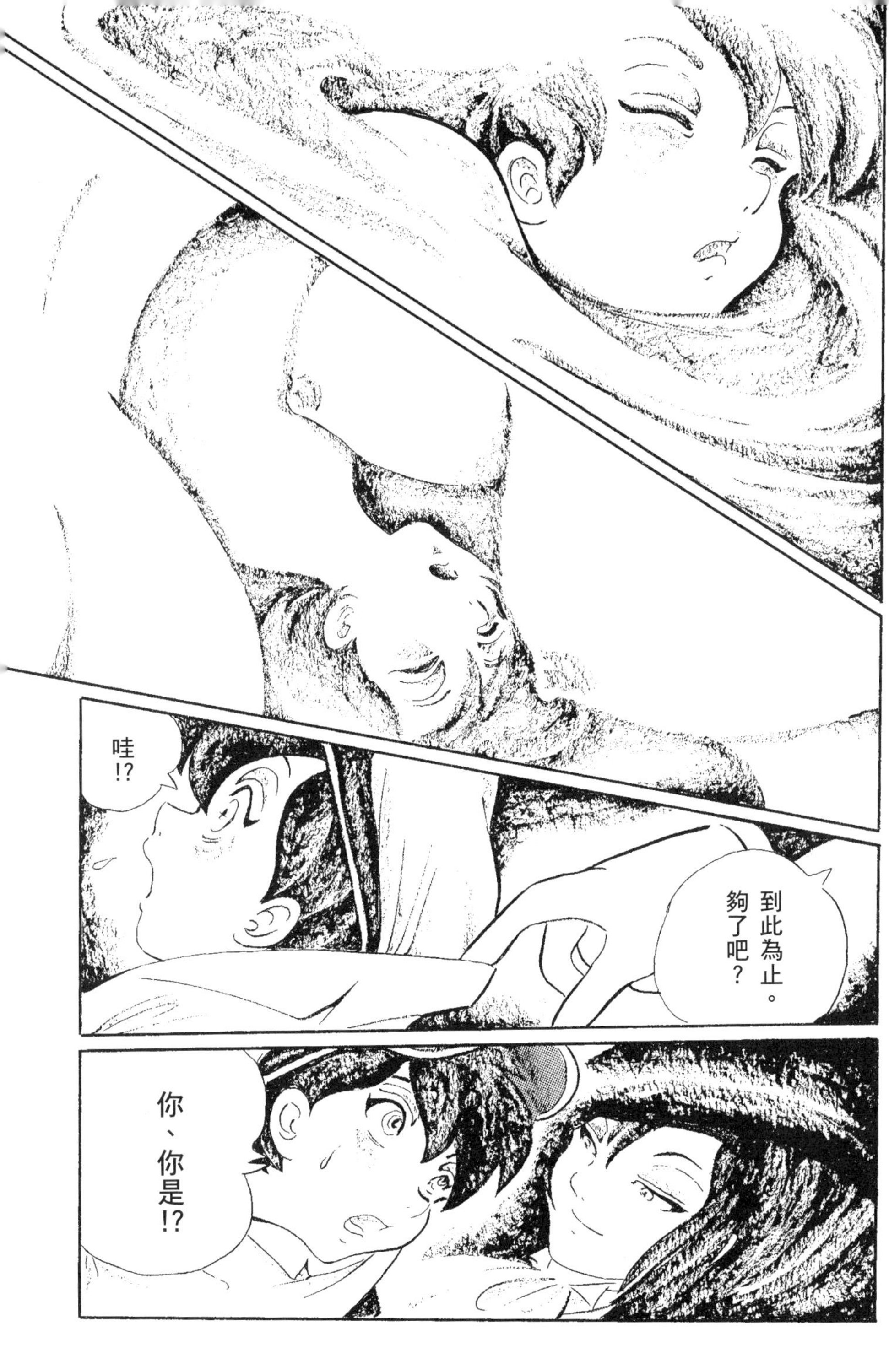
到此為止。夠了吧？
哇!?
你、你是!?

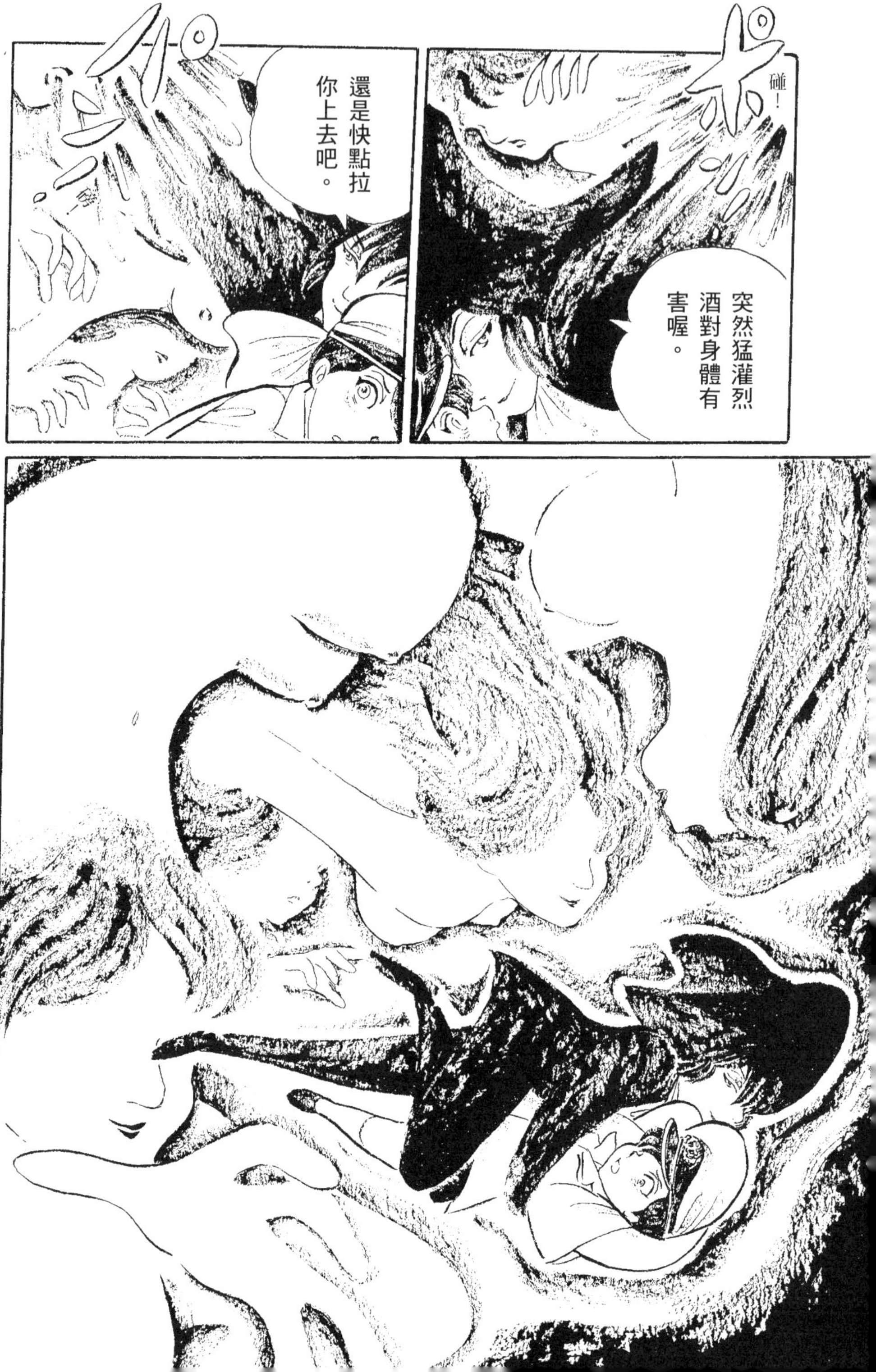
碰！
突然猛灌烈酒對身體有害喔。
還是快點拉你上去吧。

啊……？

你甚至還沒踏進醫院呢。

如果進去了，就再也回不來嘍。
但是……這樣的話！
母親呢？母親怎麼辦？
你回家乖乖等著。
我就代替你，前去探望令堂吧。

走向森林

啊啊，怎麼辦？
我走不出這座森林。

為什麼會落到這種境地呢？

我只是稍微……
來看看醫院的狀況而已啊。
這是……什麼？

這地方……到底怎麼了？
哎呀哎呀，真是稀客。
！
老夫人，歡迎光臨本院。

院長……你看得見我？
當然看得見啊。
您今天也相當可愛動人呢——
無恥也該要有個限度吧？
臭老太婆!!哇哈哈哈哈哈！
扭曲……！
於是我就從醫院逃了出來。

然而，我無法離開這座森林。
身體也變得沉甸甸的、飛不起來。
未知的存在在森林裡四處徘徊。
雖然不知道是什麼，但總覺得那是邪惡之物。
肯定是從醫院跑出來、聽從院長命令前來追捕我的。

即使明白，我的身體卻軟弱無力。
完全無法動彈……就在我這麼想的時候……
院長化身為巨狼，朝我撲了過來。

哇哈哈！老夫人，沒錯。
我在向您表達敬意。
如果要在森林裡襲擊小女孩的話，
要用大野狼的模樣才符合禮數呢。
大野狼說：『好可愛的女孩子啊！我要一口吞了妳！』

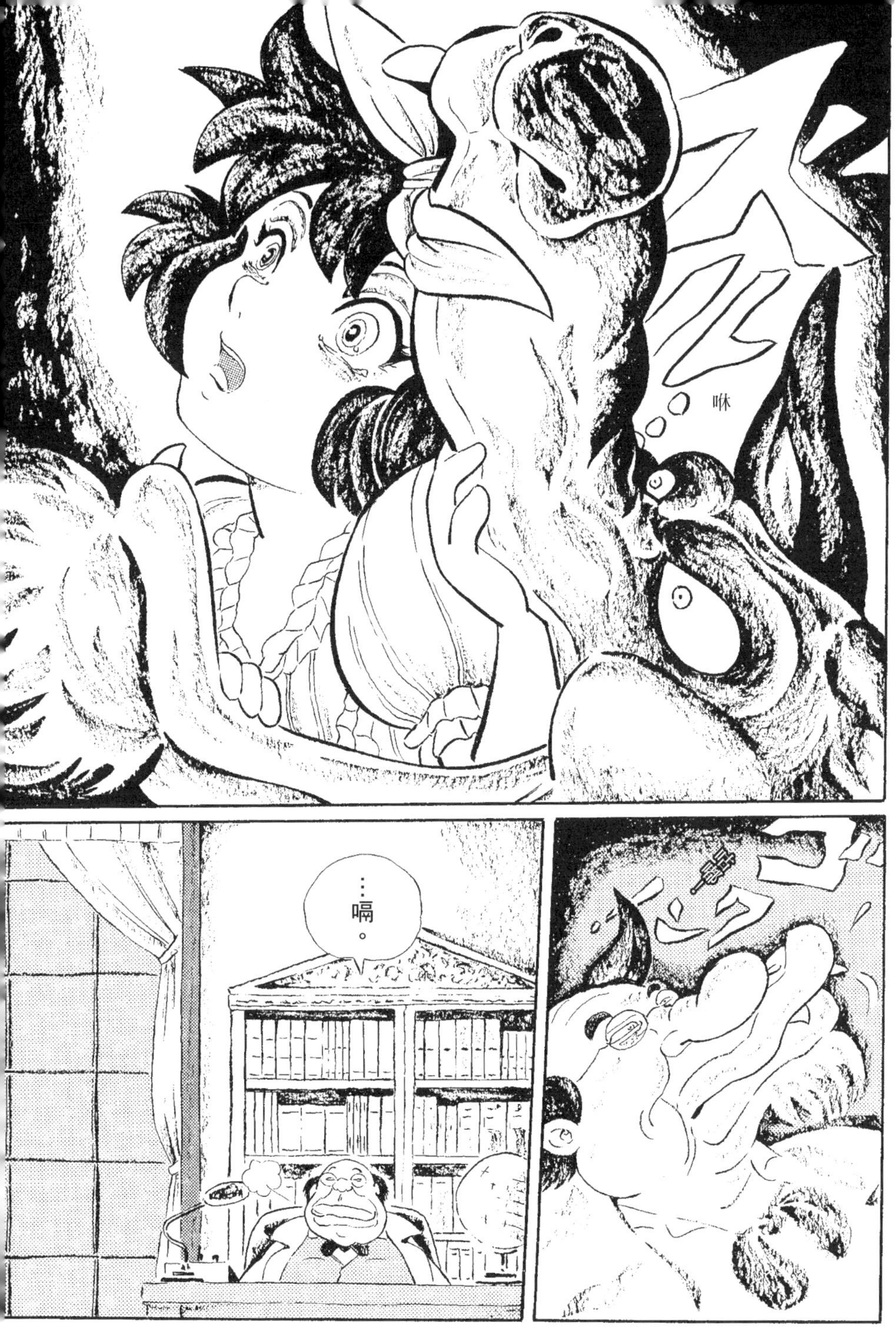
咻
……嗝。

院長，你好啊。
哇！
我來這裡探望住院患者。
能幫我帶路嗎？
啊？
你……你是!?
喔……你認識我呢。

但是呢，你見過的是我的影子喔，大野狼先生。
噗咻
咕嘟嘟嘟都⋯
然後，獵人開口了。
『邪惡的大野狼！我要剖開你的肚子，救出小女孩！』
嗞嗞!!

『出來吧！小紅帽!!』
唰!!

真是會惹麻煩。
妳為什麼來這裡？
對不起……

我在想……來到這裡說不定會遇見你。
啊！
院長不見了!?
嗯。
他應該正拖著四散的腸子，準備逃往**大魔王**所在之地吧？
大魔王？

……接下來，該怎麼辦呢？
我可不能讓妳獨自回去。
森林裡頭，也還有各種邪惡的東西四處徘徊。
也帶上我吧！
你看著吧，我一定能幫上忙的！

我有權知道醫院現在變得如何了！
而且這間醫院是我的財產喔！
傷腦筋，真是任性的公主陛下啊。
沒辦法了。
那就一起前往下個舞台吧？
不要大意嘍。

海波中的戀人們

呵呵呵。
嘻嘻嘻。
太棒了，太棒了！好自由啊！
明明我的身體正待在家裡，
躺在屋內深處的房間，
連起個身都辦不到呢。

就算脫離了身體這麼久，
還是充滿了力量、
保持在這麼良好的狀態，實在太棒了！
這肯定是因為我待在他身邊的緣故！
啊！真希望能永遠維持現在這樣！

話說回來，
他去哪了？
而且，
為什麼這裡
是海底呢？

奇怪了，我好像聽到了聲音，
是我認識的聲音，不會錯的。那絕對是——
！
救命啊。
救命。
救救我！

啊！總算見到你了！
我一直好想見你！
妳怎麼會在這裡？是船難吧？
妳一直在海底呼喚著我嗎？
船……？海底……？
是啊！沒錯喔。

我搭乘的船沉沒了，
我掉進海裡。

和許許多多人一起，
沉入海水之中。

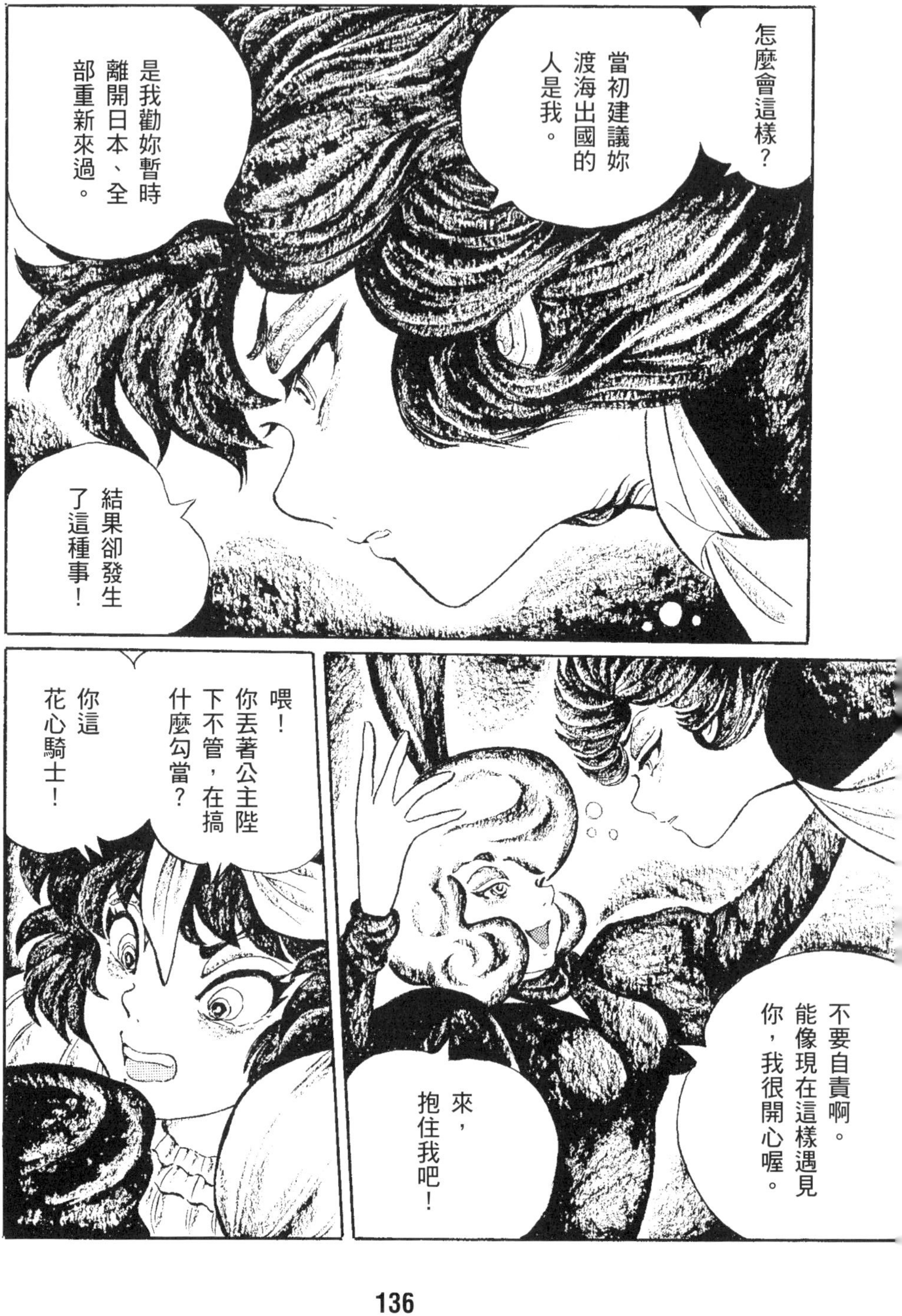
怎麼會這樣？
當初建議妳渡海出國的人是我。
是我勸妳暫時離開日本、全部重新來過。
結果卻發生了這種事！
不要自責啊。能像現在這樣遇見你，我很開心喔。
來，抱住我吧！
喂！你丟著公主陛下不管，在搞什麼勾當？
你這花心騎士！

睜大眼睛仔細看！
這片大海、這女人，全都是從你腦海中創造出來的東西!!

呵呵呵，沒錯。聽到我——這女人的聲音，你就想起了大海吧？
聽到呼救聲就聯想到沉船的景象，是吧？
原來如此，這女人現在不在日本啊。難怪怎麼找都找不著呢。
真可惜，要是那小老太婆沒來打擾，就能探聽到她的詳細下落了！
什麼小老太婆!!
可惡！放開我！妳這低等的甲殼動物！
真是的，公主陛下，這麼美妙的場景都被妳破壞了。
本來正準備要上演感人相擁的一幕呢。
咦？你早就發現了？

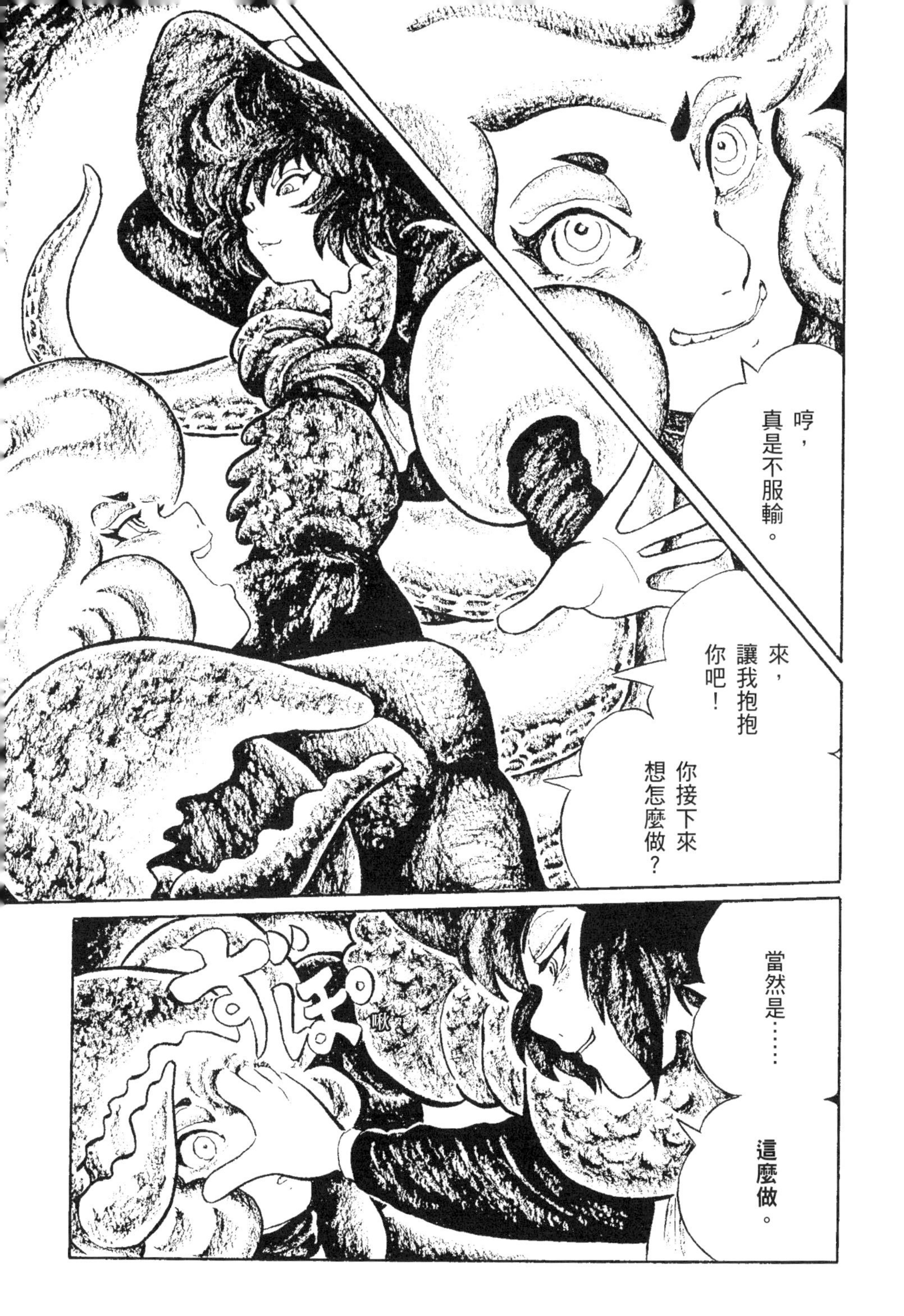
哼，真是不服輸。
來，讓我抱抱你吧！
你接下來想怎麼做？
當然是……
這麼做。
すぽ
啾

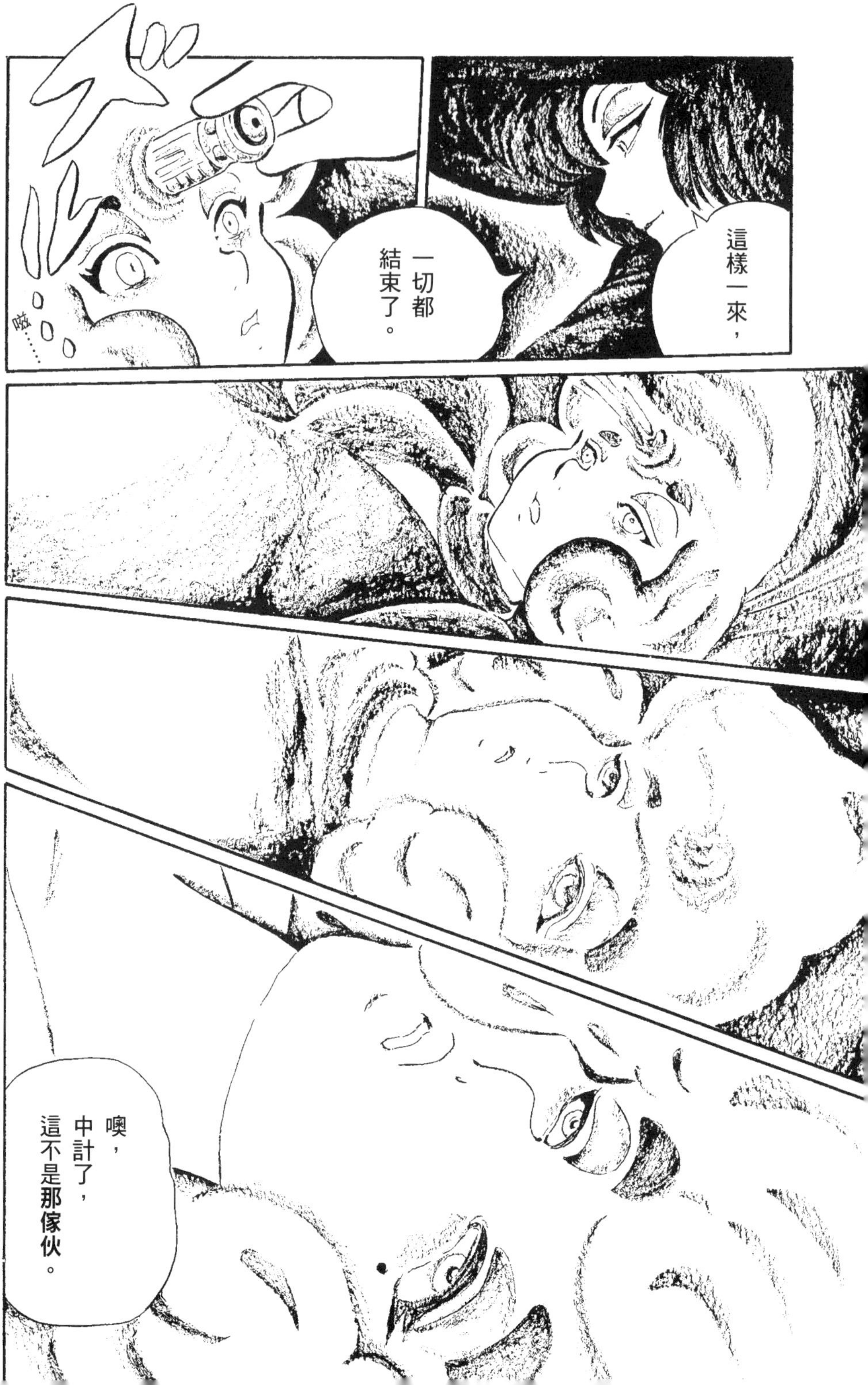
這樣一來，
一切都結束了。
嗞……
噢，中計了，這不是那傢伙。

這個收訊器是「贗品」。
哼，那傢伙還做出了這種東西啊？
那傢伙是誰？
是說打贏對方了嗎？我們贏了？
雙方都得一分。
那傢伙掌握到情報，失去一個手下。

看來這場比賽還會持續下去。
這位女士，您看起來很憂傷。
這趟航程還長著呢。
已經開始思鄉了嗎？

我看起來像這樣嗎？
是的。
該不會還眷戀著妳在日本拋下的男人吧？
哈哈哈。
或許真是如此。

但是，
他從海浪之間，
這樣警告我。
「還不能回來」「不可以回來」「一切還沒結束」。

老人

請、請稍等一下！
老夫人，請留步啊！
請您再重新考慮吧。
不需要，我不會改變想法。
我要關閉這棟醫院。
這裡已經不是醫院了，簡直比監獄還慘！
就連貓狗都比這裡的病患還受到重視，不是嗎!?

院長，你強制監禁棘手的病人，讓他們衰弱而死。
然後，再從死者家屬手中獲取遺產的分潤，我沒說錯吧!?
實在太誇張了！我今天來視察才知道有這種事！
老夫人！請您別走！
仔細想想，都是我不夠深思熟慮。
就算是遠房親戚，我也不該將醫院交給你這種因為對女學生出手而被大學開除的傢伙。
你被解雇了。
快點打包離開吧。
妳這……！

臭老太婆!!
碰!
啊……事情就是如此。

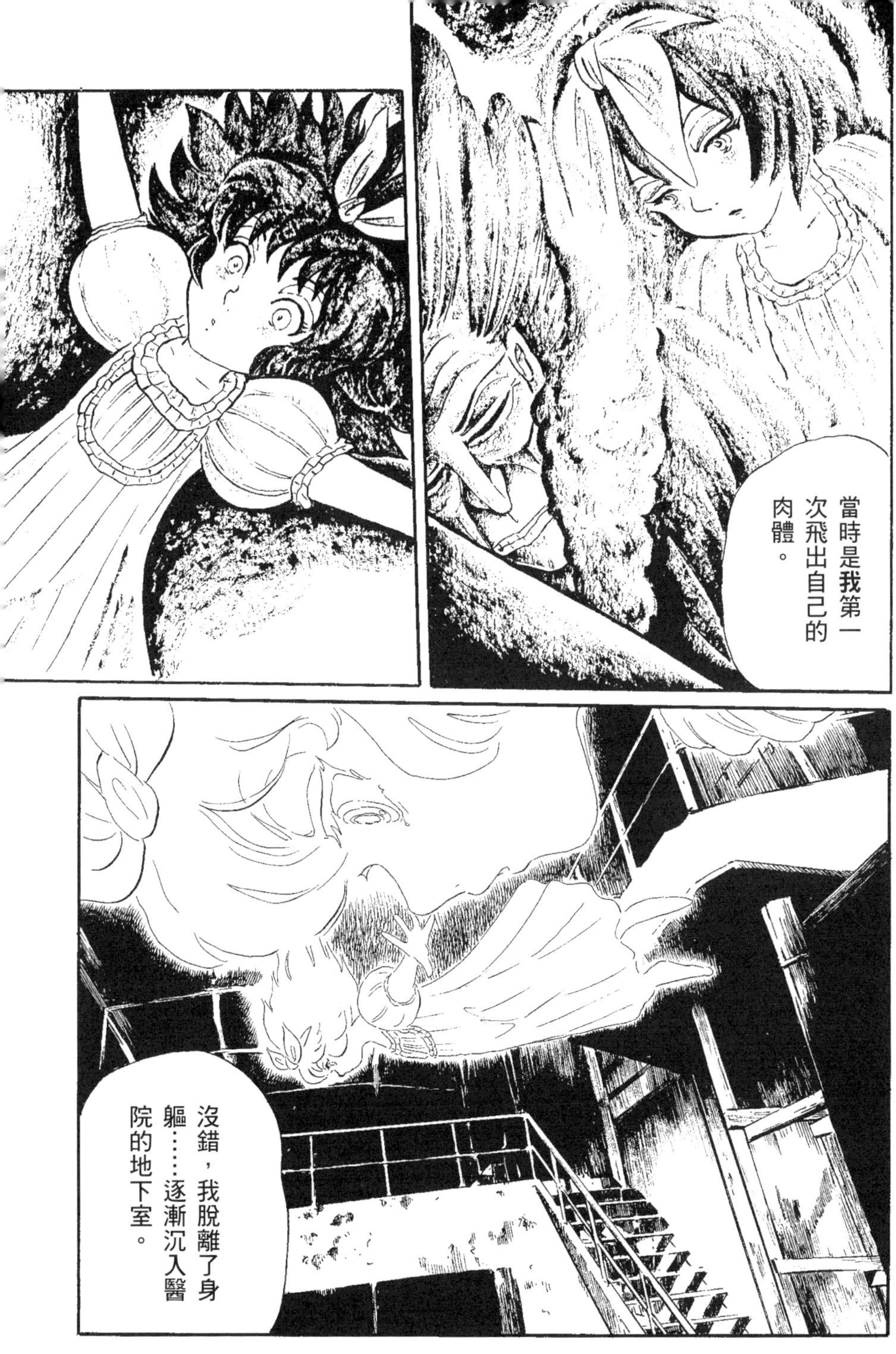
當時是我第一次飛出自己的肉體。
沒錯，我脫離了身軀……逐漸沉入醫院的地下室。

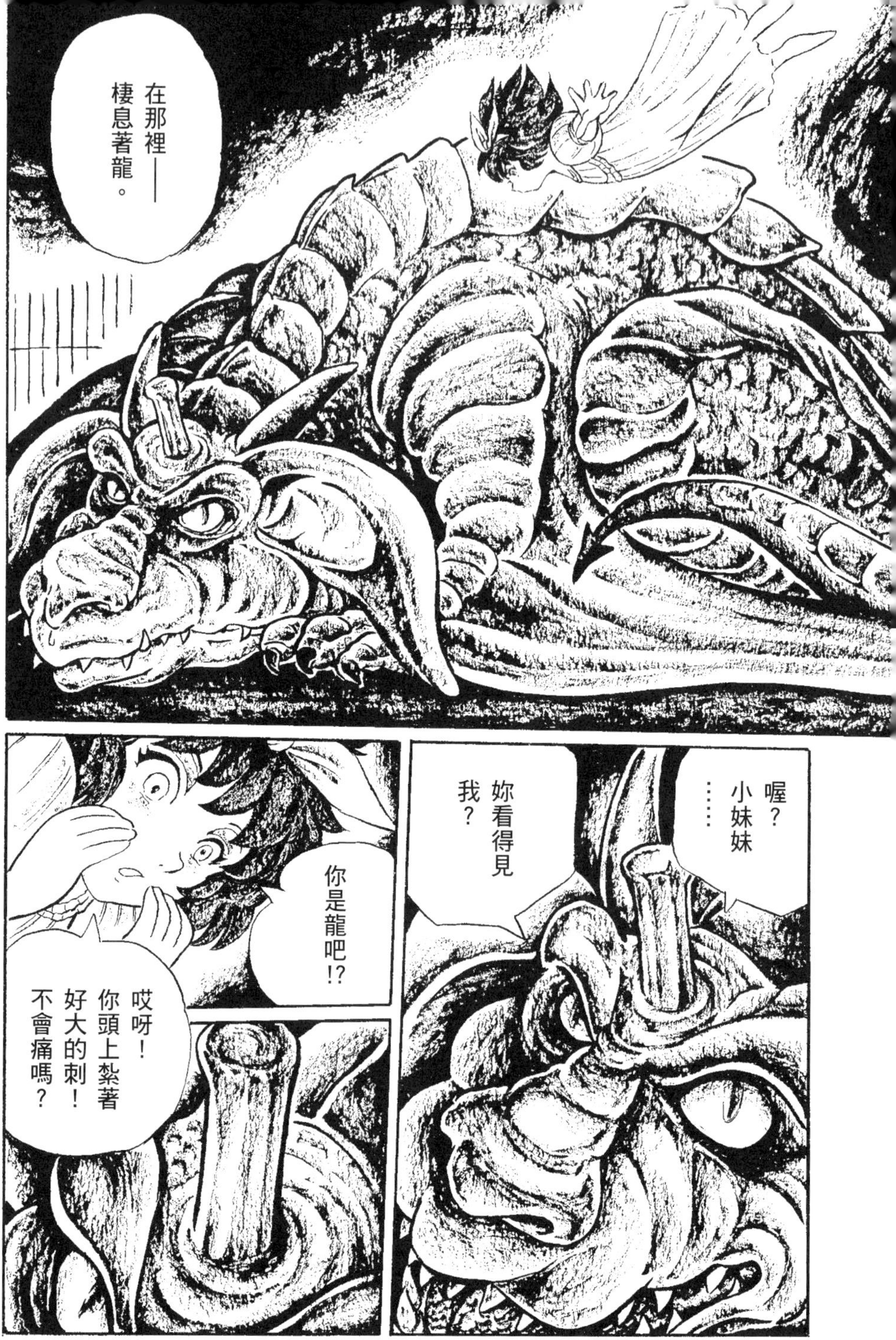
在那裡——
棲息著龍。
喔？小妹妹……
妳看得見我？
你是龍吧!?
哎呀！你頭上紮著好大的刺！不會痛嗎？

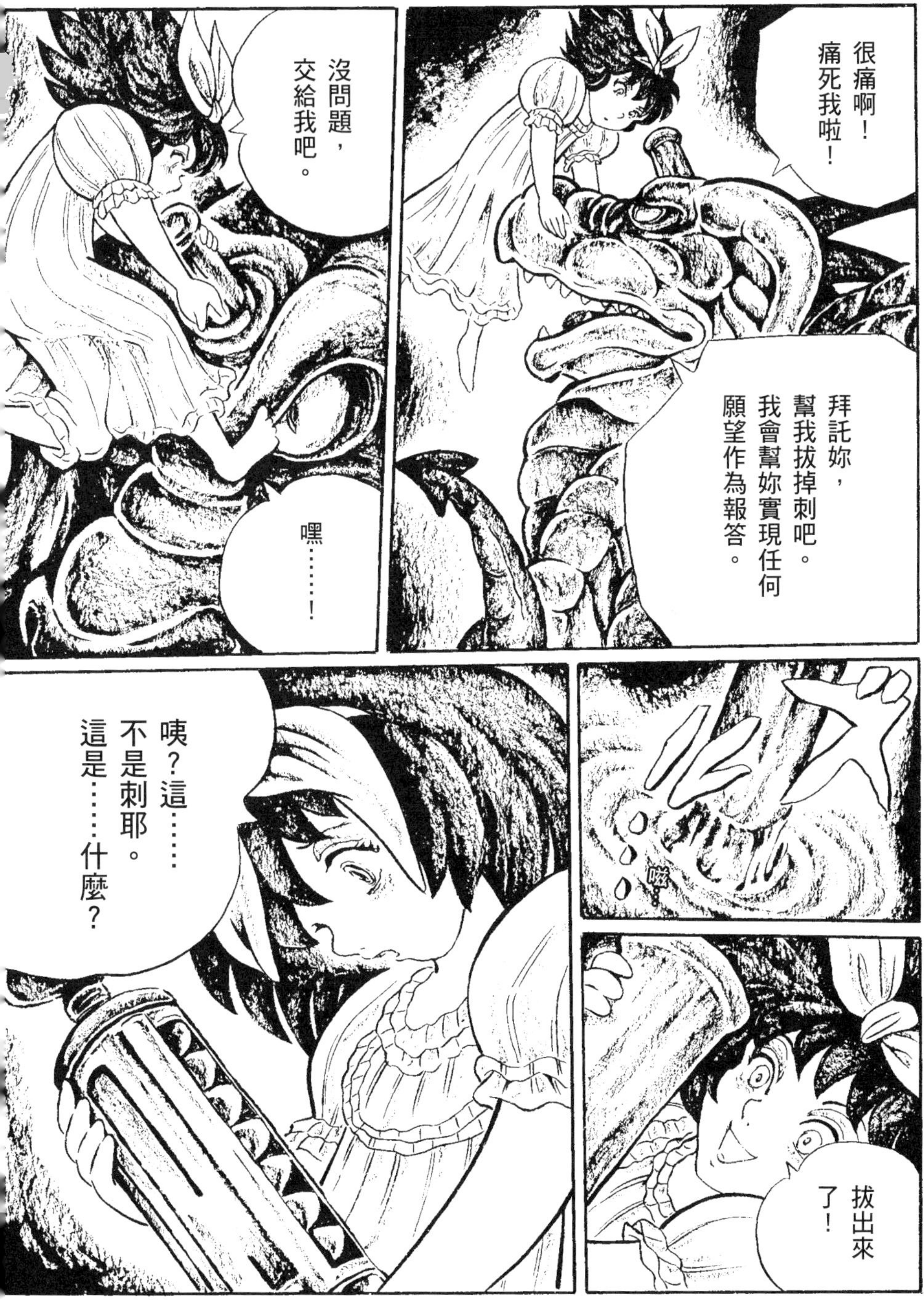
很痛啊！痛死我啦！
拜託妳，幫我拔掉刺吧。我會幫妳實現任何願望作為報答。
沒問題，交給我吧。
嘿……！
拔出來了！
咦？這……不是刺耶。這是……什麼？

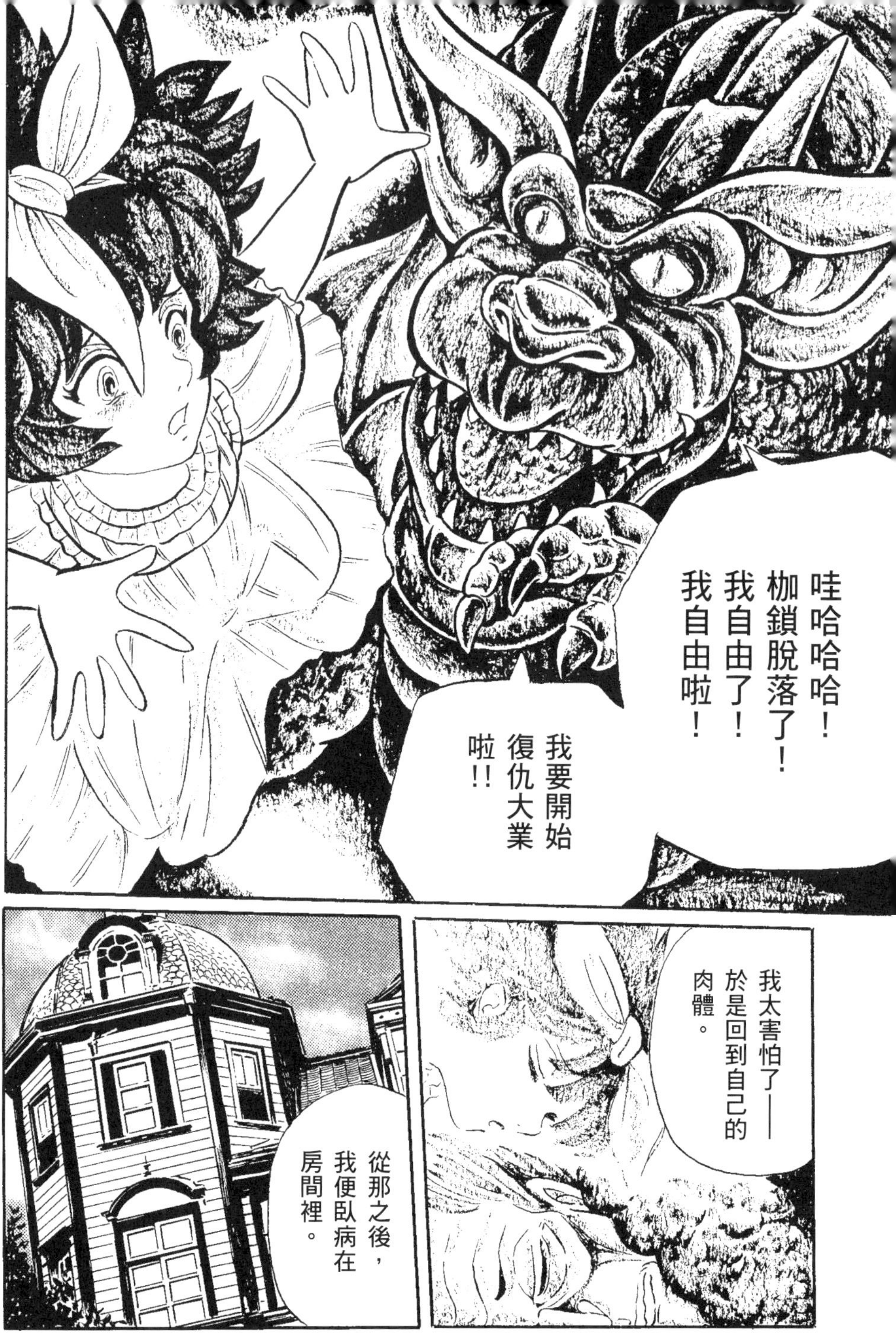
哇哈哈哈！
枷鎖脫落了！
我自由了！
我自由啦！
我要開始復仇大業啦!!
我太害怕了——於是回到自己的肉體。
從那之後，我便臥病在房間裡。

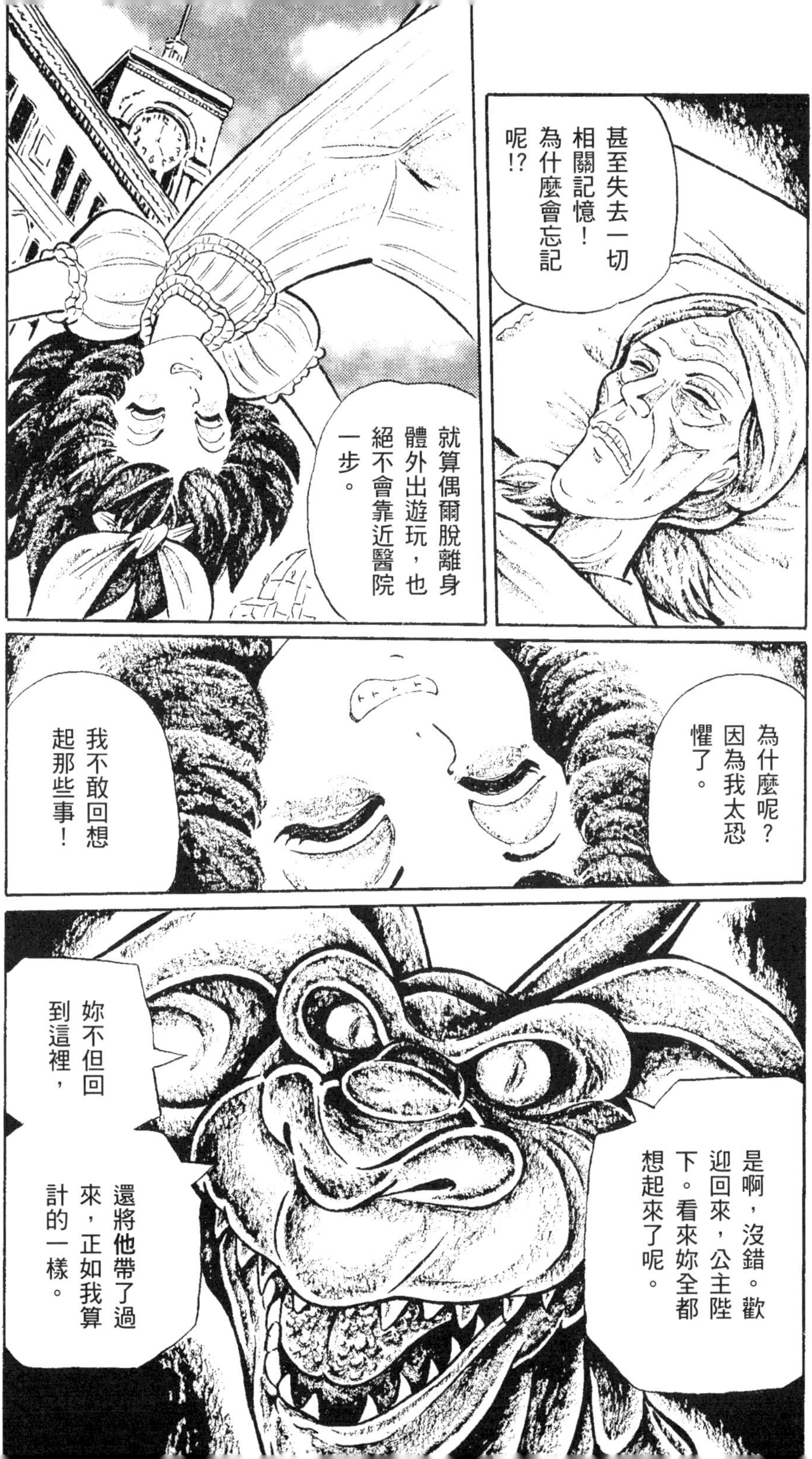
甚至失去一切相關記憶！為什麼會忘記呢!?
就算偶爾脫離身體外出遊玩，也絕不會靠近醫院一步。
為什麼呢？因為我太恐懼了。
我不敢回想起那些事！
是啊，沒錯。歡迎回來，公主陛下。看來妳全都想起來了呢。
妳不但回到這裡，
還將他帶了過來，正如我算計的一樣。

他……？
不對啊，我和他不是一起來到這裡的啊。
哈哈！妳仔細想想，
要不是妳帶路，他也沒辦法抵達這裡吧？
你……
是他的敵人嗎？

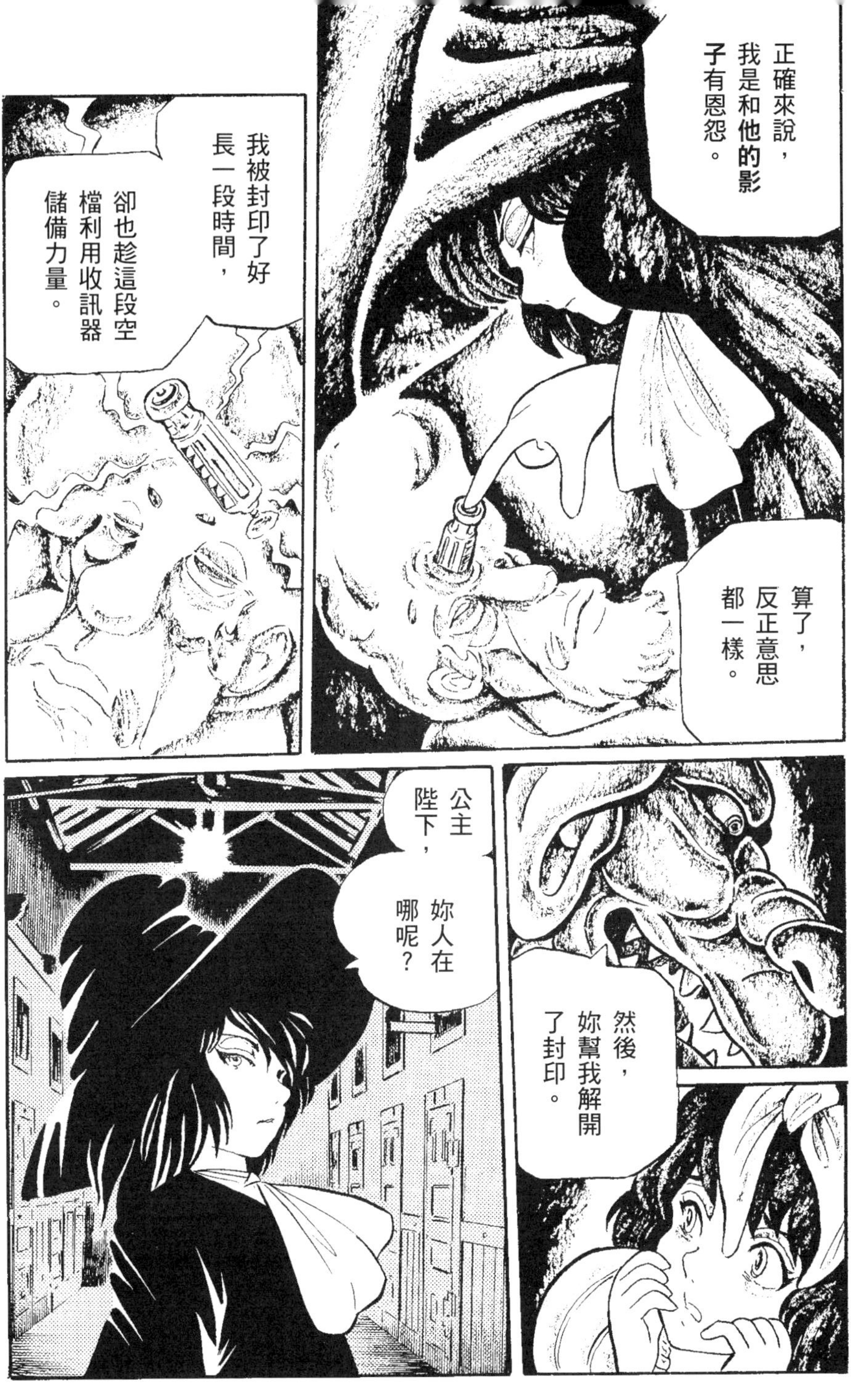
正確來說，我是和他的影子有恩怨。
算了，反正意思都一樣。
我被封印了好長一段時間，
卻也趁這段空檔利用收訊器儲備力量。
然後，妳幫我解開了封印。
公主陛下，
妳人在哪呢？

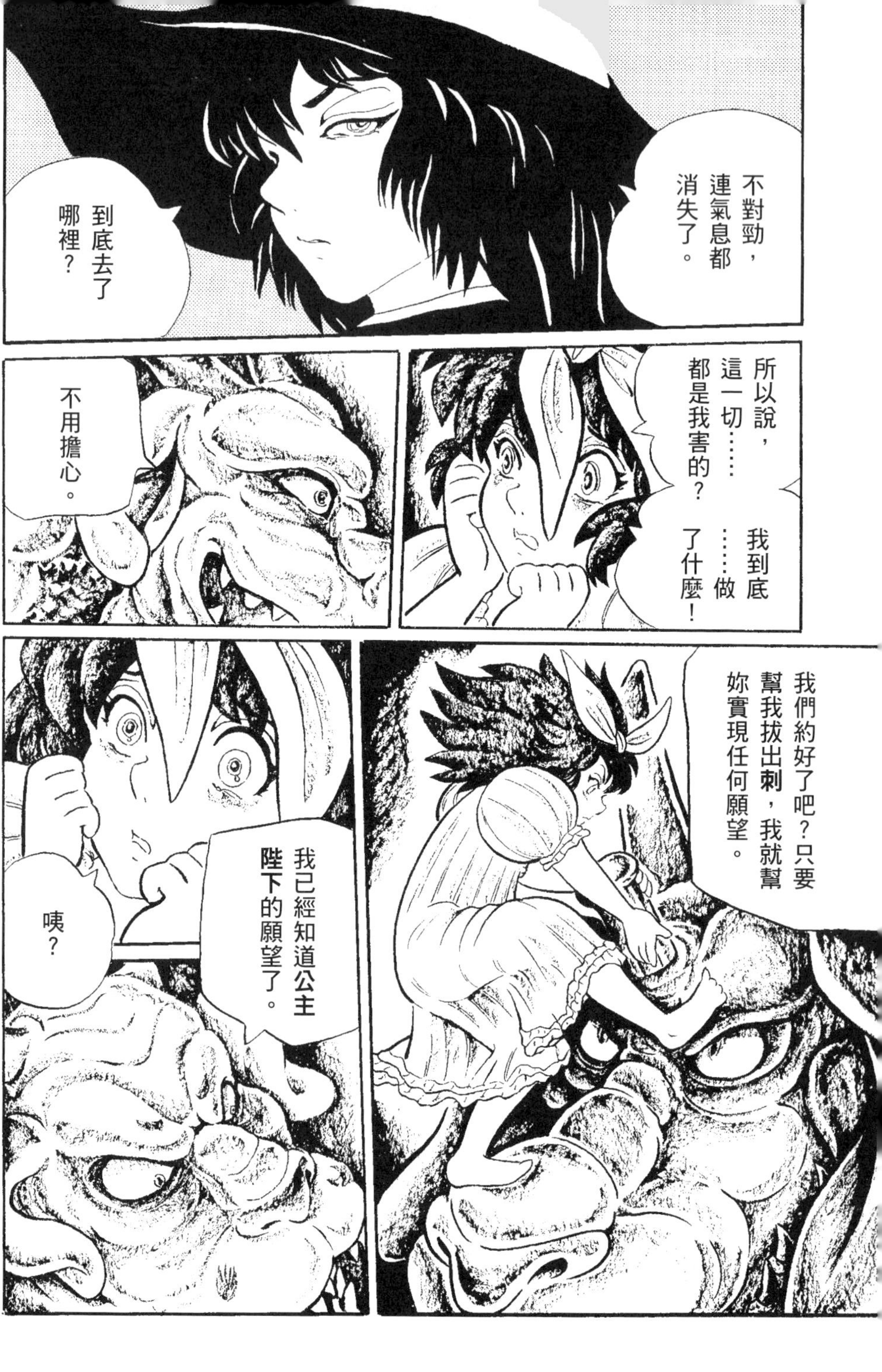
不對勁，連氣息都消失了。
到底去了哪裡？
所以說，這一切……都是我害的？
我到底……做了什麼！
不用擔心。
我們約好了吧？只要幫我拔出刺，我就幫妳實現任何願望。
我已經知道公主陛下的願望了。
咦？

妳的願望，就是維持這個樣貌，
與他一起，在這個世界永遠嬉戲遊樂下去，
我說得沒錯吧？
動動腦筋吧！妳和他聯手打倒了我——之後呢？
他就會離妳而去吧？
妳只能回到衰老乾枯的身軀，受盡肉體苦痛的折磨死去。
但是，只要照我說的話做，妳的願望就能實現。

我想要的是他的肉體。
我要支配他的身體。
我想到了很有趣的復仇方式了。
他的靈魂歸你。
妳就能維持少女的樣貌，永永遠遠和他待在這座迷宮，
一直玩著不會結束的遊戲、創造永不完結的故事！

可以一直維持這個樣貌嗎？
永遠……和他在一起？
沒錯。
來吧，這就是……契約的印記。
公主陛下，原來妳在那裡啊？
妳在做什麼？

沒什麼。
我這就過去。
對，
快出發吧。繼續玩遊戲吧。
我們就這樣永遠在一起，
一直遊樂嬉戲下去吧。

罪

現在這狀況是怎麼一回事？
我才剛出來而已。
可以解釋一下嗎？
看起來像是飯店的房間……
「這裡是你的記憶深處喔。」
他看起來已經斷氣了。
是從正面遭受槍擊而死。

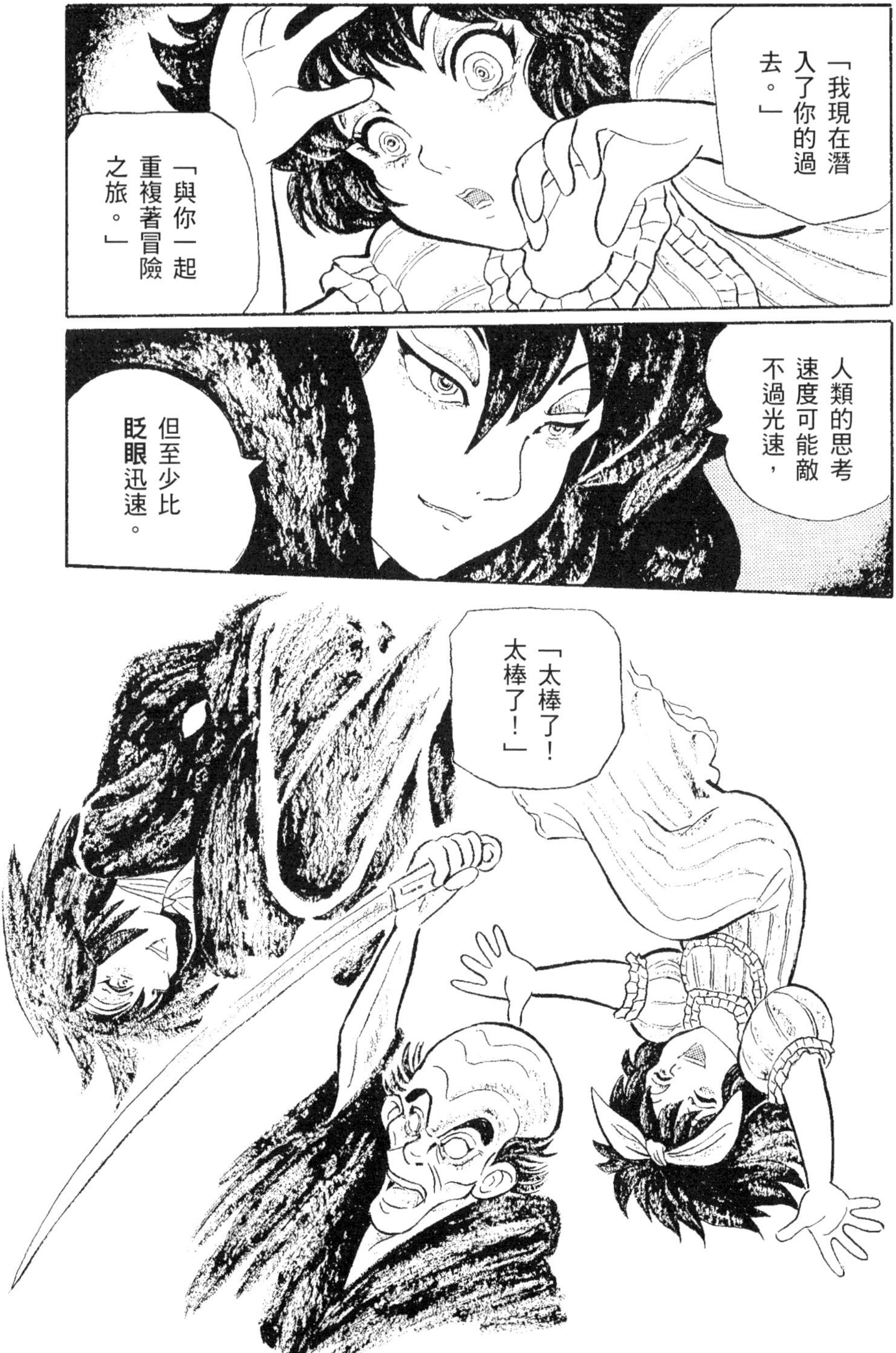
「我現在潛入了你的過去。」
「與你一起重複著冒險之旅。」
人類的思考速度可能敵不過光速，
但至少比**眨眼**迅速。
「太棒了！太棒了！」

「我改寫了他的記憶，」
「化作他的一部分。」

「我是屬於他的，他是屬於我的。」
「兩人永遠合而為一了！」
「太棒了！太棒了！」

公主陛下現在很開心呢。
我也是，終於能見到你了。

勞煩你跑了一趟，但我非得讓你親自來到這裡不可。
畢竟啊，
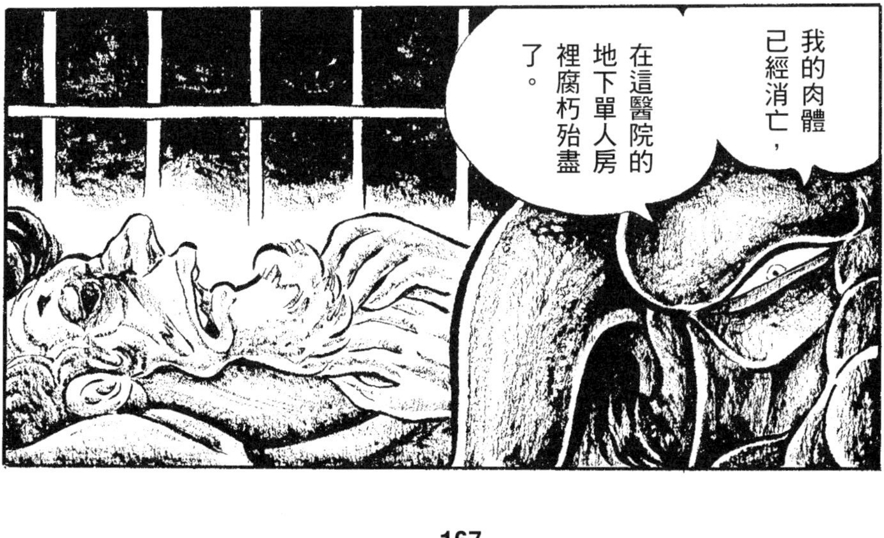
我的肉體已經消亡，在這醫院的地下單人房裡腐朽殆盡了。

正因如此，「空殼先生」，
你的肉體我就收下啦。

「不對勁。」
「好奇怪。」
「沒有更久以前的記憶了。」
「怎麼會這樣？」
「為什麼無法回溯紀錄？」
因為沒有啊。

沒有更早的紀錄了。
我的本尊並未與我共享所有紀錄。
所以說，我個人的記憶相當有限。
你……？你不是他嗎？

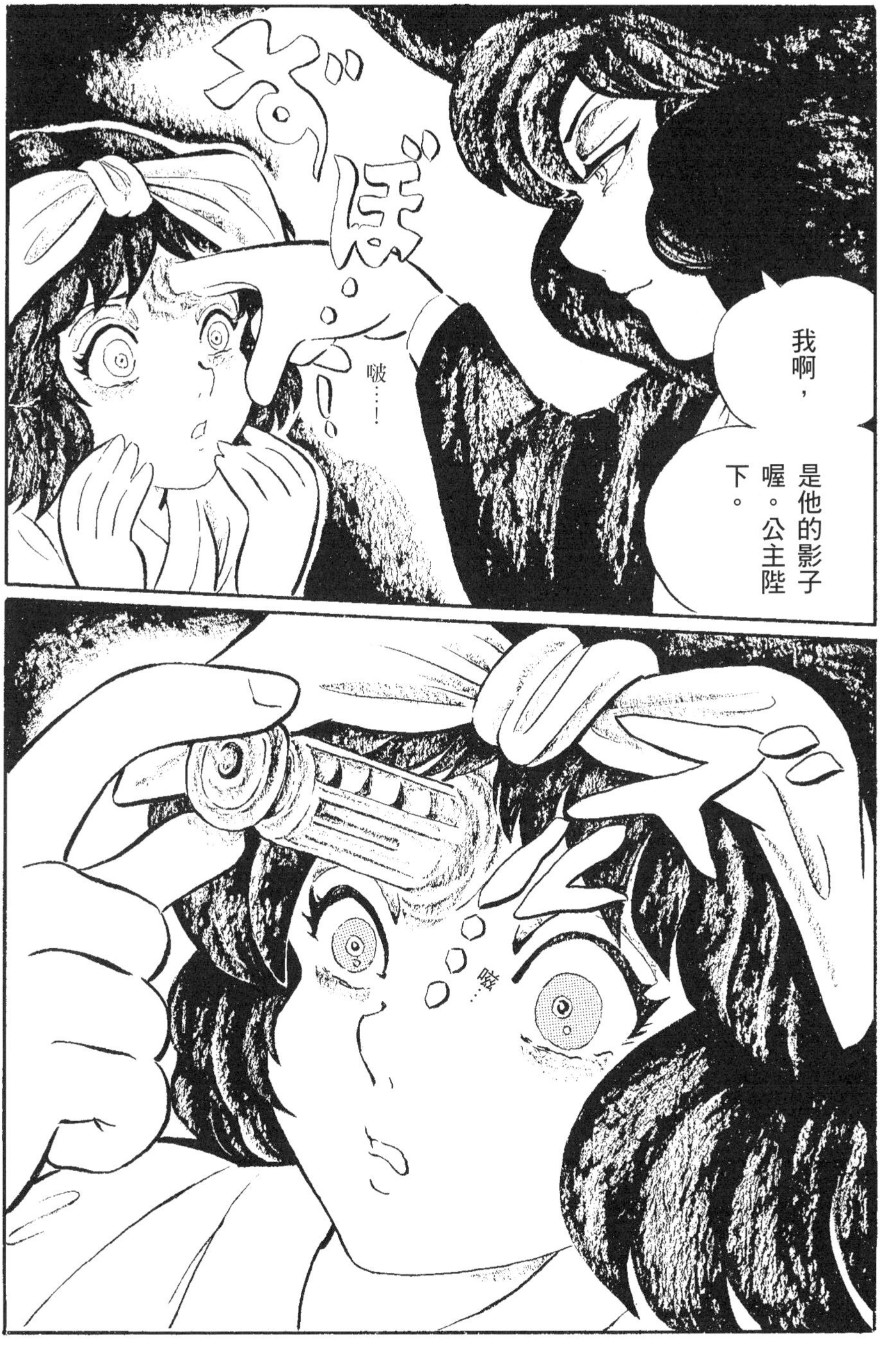
ずぼ
我啊，
是他的影子喔。公主陛下。
啵……！
啵……

即使肉體腐朽，我也無法離開地底。
因為你的影子在我的額頭釘上木椿。

諷刺的是，木椿一直吸收能量，我也得以積蓄巨大的力量。
我化身為龍，立誓復仇。

終於，我委身屈服的日子結束了。救贖的天使從天而降，來到我身邊。
來吧。
這樣一來……你就屬於我了。

……你是什麼時候和本尊交換的？
算了，無所謂了。
也就是說，你從一開始就知道了？也知道我背叛了你？
這是陷阱。
那傢伙打算將妳當成誘餌，我就反過來設下圈套。

想必那傢伙誤以為那個本尊是失去魂魄的空殼，正在進行一場沒有勝算的決鬥吧。
就算如此，還是不能消弭我的罪啊。
他會懲罰我的。
怎麼會呢？
不會的，
我想他一定會這麼說：

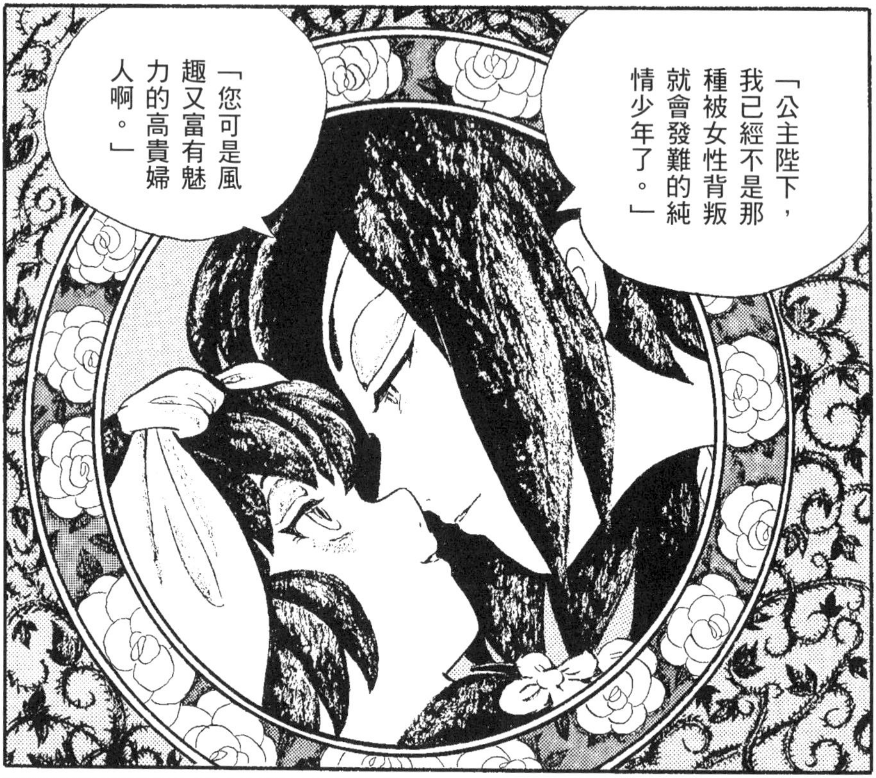
「公主陛下，我已經不是那種被女性背叛就會發難的純情少年了。」
「您可是風趣又富有魅力的高貴婦人啊。」

「女人」（們）

這裡是……
哪裡？
咦？是我的
宅邸啊。
我回到家
了嗎？
對了，
我想起來
了。

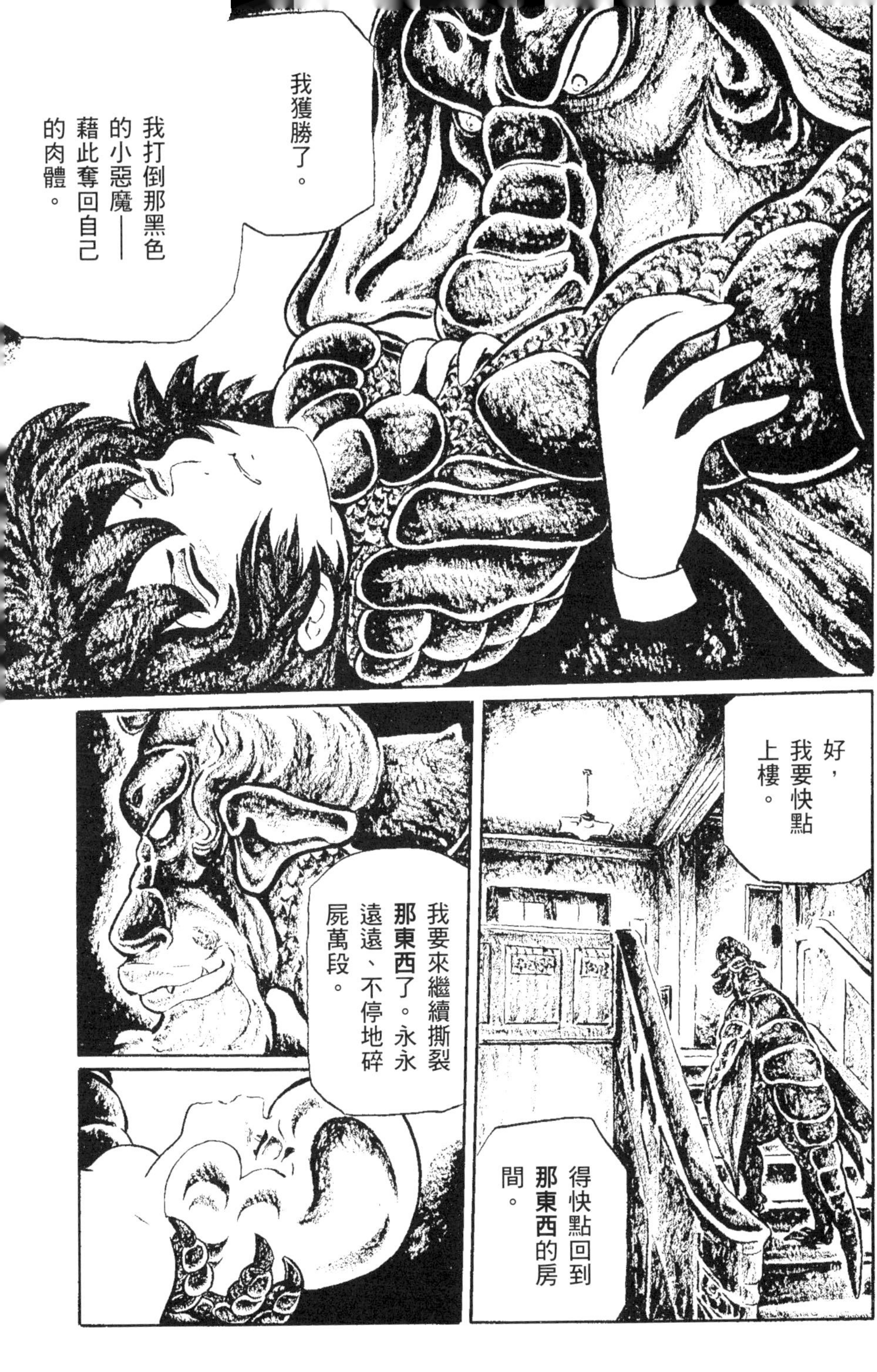
我獲勝了。
我打倒那黑色的小惡魔——藉此奪回自己的肉體。
好，我要快點上樓。
得快點回到那東西的房間。
我要來繼續撕裂那東西了。永永遠遠、不停地碎屍萬段。

我要一直反覆吞食靈魂，直到永遠。
咚……!!
吼……!!

喔喔喔喔…!!
什麼？妳們在笑什麼？
旁邊那小孩是誰？
粗心的龍先生，就讓我來告訴你吧。

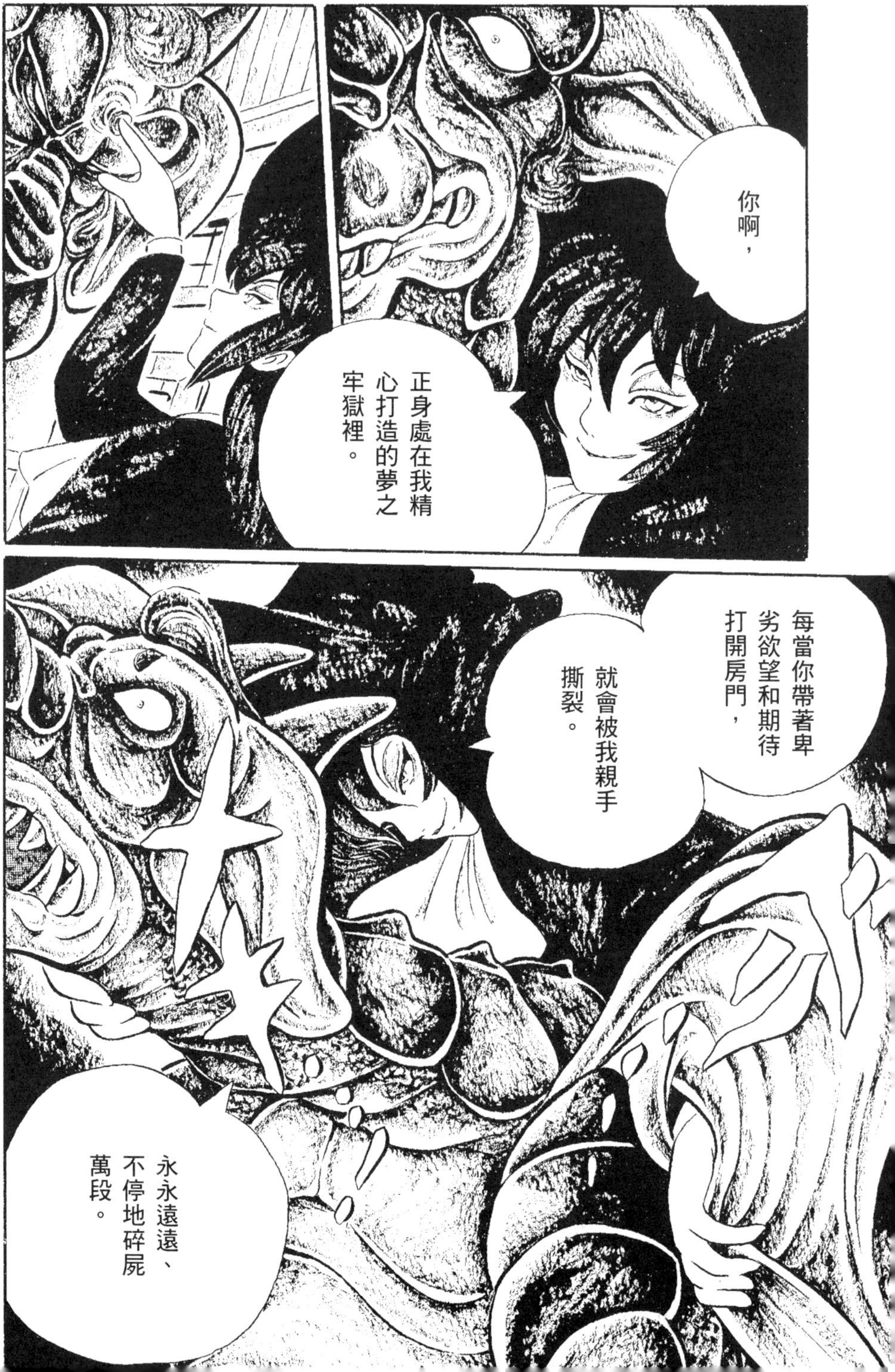
你啊，
正身處在我精心打造的夢之牢獄裡。
每當你帶著卑劣欲望和期待打開房門，
就會被我親手撕裂。
永永遠遠、不停地碎屍萬段。

你就在這座時間無限循環的牢獄之中，
啪拉
劈哩
好好享受反覆敗北的屈辱，永無結束之日!!

吼喔喔喔喔喔喔

嗯？
怎麼了？
喔……妳也想問嗎？
夢幻。
我的名字是夢幻魔實也。

哎呀呀。
這裡是哪裡？
妳們是……什麼人？

什麼？有好玩的事嗎？
這麼有趣嗎？
啊，有東西過來了。
喂，有東西從外面的樓梯爬上來了。
嘻嘻嘻，我知道了。
接下來會發生好玩的事吧？
嘰…

喔喔喔喔……!!
「哇——
呀——
呀——!」
吼

「啪擦!!」
「啪擦！
啪擦！
啪擦!!」

公主陛下們，別來無恙吧？
今晚的表演結束啦！
再會了！晚安！
「啪啪啪啪啪啪……！」

慢著，
喂，等一等。
是說，
那兩個人笑著告訴我了。

她們說，「妳就開口問他吧，我們也問過了喔。」
所以，最後我想問你一件事。
告訴我你的名字吧。

夢幻紳士
【迷宮篇】

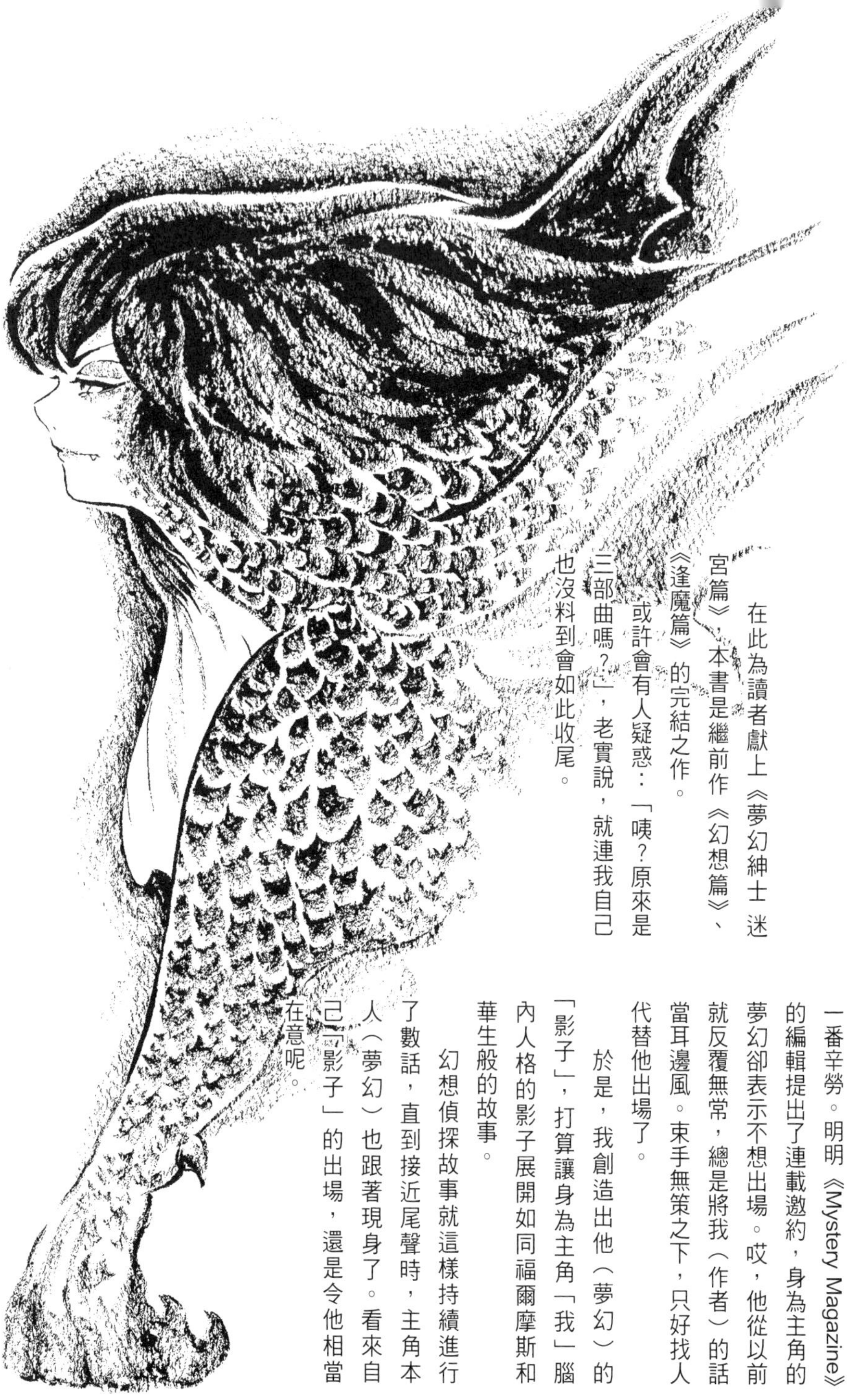

後記

在此為讀者獻上《夢幻紳士 迷宮篇》，本書是繼前作《幻想篇》、《逢魔篇》的完結之作。

或許會有人疑惑：「咦？原來是三部曲嗎？」，老實說，就連我自己也沒料到會如此收尾。

首先，最初的《幻想篇》就費盡一番辛勞。明明《Mystery Magazine》的編輯提出了連載邀約，身為主角的夢幻卻表示不想出場。哎，他從以前就反覆無常，總是將我（作者）的話當耳邊風。束手無策之下，只好找人代替他出場了。

於是，我創造出他（夢幻）的「影子」，打算讓身為主角「我」腦內人格的影子展開如同福爾摩斯和華生般的故事。

幻想偵探故事就這樣持續進行了數話，直到接近尾聲時，主角本人（夢幻）也跟著現身了。看來自己「影子」的出場，還是令他相當在意呢。

真是任性的傢伙啊……不過既然他願意露臉，也是好事一樁。

因此，雖然結局與當初的設想有所不同，卻也找到了不錯的收尾，讓《幻想篇》畫下句點。

緊接著，續集《逢魔篇》拉開了序幕。既然主角本人（夢幻）還在，應該總有辦法讓故事發展下去吧？但畢竟這男人一不留神就會到處亂跑，於是我打著如意算盤，總之先將他邀進料亭包廂、供他飲酒作樂吧。

結果，他就這樣賴下來，只顧著埋頭喝酒、一步也不肯踏出料亭。

沒辦法，這下只能讓妖魔鬼怪前來拜訪他了。

也就是「快來我這裡，讓我擊退你們」這樣的狀態。

世界上有如此失禮又懶散的妖怪獵人嗎？

而且，他似乎也不太滿意我安排同台演出的老闆娘。

我還暗暗心想，這樣充滿個性、抱有難言之隱的女性感覺不錯吧？結果他卻揚言不如讓他退場，我也只得順著他的意了。

好吧，我知道了。

你喜歡年輕女孩子，是吧？於是我刻意挑了個不在他獵豔範圍內、胸前平坦的小女孩角色——「手之目」。嘻嘻嘻。

既不能對她出手、也欺負不了她，看到夢幻難得露出困惑的模樣，真是大快人心啊！

「手之目」是好孩子，所以我絕不會讓她和那個流連於女色的黑衣男湊成對。我另外也畫了以她當主角的衍生漫畫。

話又說回來，由於不知道夢幻會待到什麼時候，必須讓故事加速進行才行。

因此，我將故事的時序設定為日暮、入夜，趕在黎明前作結。

《逢魔篇》是一個晚上發生的事，與《幻想篇》的連結僅有開頭夢幻的台詞，此後便是完全獨立的故事。

然而，夢幻還是多管閒事了。最後的最後，他意有所指地留下與前作《幻想篇》的關聯，接著便退場了。

這樣一來，續作《迷宮篇》也就不得不往與前面兩部作品相關的方向進行。

真是困擾啊。我感到不安起來，便在《迷宮篇》連載開始前找了早川書房的編輯到家庭餐廳進行討論。

我：「編輯啊，呃……我打算將醫院徹底變成魔界般的地方，讓夢幻闖關打敗妖怪，最後與大魔王進行對決……總覺得好像變成了電玩遊戲啊。我具體的構想只有這樣，沒問題嗎？可以嗎？這樣有趣嗎？」

編輯：「哈哈哈！很棒！很有趣啊！就這樣畫吧。啊哈哈哈哈，那就等老師完稿後再來喝一杯吧！拜託了！」

……出版界有各種類型的編輯。

有的編輯會認真聽取作者煩惱、甚至比作者更操心，雙方一起分擔辛勞；也有那種嘴上掛著「沒關係、沒關係，總會有辦法的，只要開始下筆就會順利的啦！」然後順便邀約喝酒的類型。

我的編輯似乎屬於後者。

但也多虧於此，我感到輕鬆多了。如果是認真幫忙煩惱的編輯，可能會令我更加不安，反而陷入什麼都畫不出來的泥淖吧。

我得到踏出第一步的勇氣。雖然說，也有第一步就墜入地獄的可能性

就是了。

反正總歸有夢幻在嘛！我抱著這樣的想法，著手繪製起《迷宮篇》。

然而，他突然消失不見了。他似乎對這個故事提不起興趣的樣子。

於是我就想像前作一樣，為他加上夥伴。前面兩部作品都是和女性同行，原本盤算著這次換成男性好了，他卻好像不太中意，看來是沒有那方面的興趣呢。

因此，我便決定讓在其他短篇描繪的角色——「肉體是老人的幻想少女」於故事登場。

夢幻：「為什麼又是小女孩？你這傢伙的喜好變啦？」

我：「這只是設定！而且她只是外表看似小孩、實際上是臥病在床的老婦，年齡平均起來也差不多是個熟女吧？」

夢幻：「……你到底在胡說什麼？」

總之我拚命說服了他，讓故事得以進行下去。但是啊，雖然他滿嘴牢騷，這還不是和早慧機靈的少女聊得很開心嘛！

總而言之，歷經一場混戰後，《迷宮篇》也順利落幕。

我抱著跳傘時拚命尋找著陸點般的心情完成了作品。

雖說我這輩子從沒想過要嘗試跳傘就是了。

夢幻此刻過得如何呢？

前幾天，我偶然撞見他在沼邊釣魚的身影，但他看起來很忙碌，就沒出聲搭話。

在那之後，我就沒有他的消息了。

他似乎出門遠行了。

應該還會再回來的吧。

二〇〇七年四月

高橋葉介

出處一覽《Mystery Magazine》

〈吶喊〉 2006年3月號
〈病弱之女〉 2006年4月號
〈哈比〉 2006年5月號
〈吸血鬼〉 2006年6月號
〈心臟〉 2006年7月號
〈死亡之吻〉 2006年8月號
〈思春期〉 2006年9月號
〈走向森林〉 2006年10月號
〈海波中的戀人們〉 2006年11月號
〈老人〉 2006年12月號
〈罪〉 2007年1月號
〈「女人」們〉 2007年2月號

NAZOMAN 22

夢幻紳士【迷宮篇】

原著書名／夢幻紳士【迷宮篇】
原 作 者／高橋葉介
原出版社／早川書房
翻　　譯／丁安品
編輯總監／劉麗真
責任編輯／張麗嫺

總 經 理／陳逸瑛
榮譽社長／詹宏志
發 行 人／凃玉雲
出 版 社／獨步文化
城邦文化事業股份有限公司
104台北市中山區民生東路二段141號5樓
電話：(02) 2500-7696　傳真：(02) 2500-1967
發　　行／英屬蓋曼群島商家庭傳媒股份有限公司
城邦分公司
104 台北市中山區民生東路二段141號2樓
網　　址／www.cite.com.tw
讀者服務專線／(02) 2500-7718；2500-7719
服 務 時 間／週一至週五　09：30 ～ 12：00
13：30 ～ 17：00
24小時傳真服務／(02) 2500-1900；2500-1991
讀者服務信箱E-mail／service@readingclub.com.tw
劃 撥 帳 號／19863813
戶　　名／書虫股份有限公司
香港發行所／城邦（香港）出版集團有限公司
香港灣仔駱克灣道193號東超商業中心一樓
電話：(852) 2508-6231　傳真：(852) 2578-9337
馬新發行所／城邦（馬新）出版集團　Cite (M) Sdn Bhd
41, Jalan Radin Anum, Bandar Baru Sri Petaling,
57000 Kuala Lumpur, Malaysia.
Tel: (603) 90578822　Fax: (603) 90576622
email:cite@cite.com.my

封面設計／高偉哲
印　　刷／漾格科技股份有限公司
排　　版／陳瑜安
□2023年2月初版
售價320元

ISBN：978-626-7226-1-9-3
978-626-7226-2-2-3（EPUB）